彰化學 025

愚溪小說選

愚溪◎著

晨星出版

【叢書序】

啓動彰化學
——共同完成大夢想
林明德

二十多年來，台灣主體意識逐漸抬頭，社區營造也蔚爲趨勢。各縣市鄉鎮紛紛編纂史志，大家來寫村史則方興未艾。而有志之士更是積極投入研究，於是金門學、宜蘭學、澎湖學、苗栗學、台中學、屏東學……，相繼推出，騰傳一時。

大致上說來，這些學術現象的形成過程，個人曾直接或間接參與，於其原委當有某種程度的了解，也引起相當深刻的反思。

一九九六年，我從服務二十五年的輔大退休，獲聘於彰化師大國文系。教學、研究之餘，仍然繼續台灣民俗藝術的田調工作。一九九九年，個人接受彰化縣文化局的委託，進行爲期一年的飲食文化調查研究，帶領四位研究生進出二十六個鄉鎮市，訪問二百三十多個飲食點，最後繳交《彰化縣飲食文化》（三十五萬字）的成果。

當時，我曾說過：往昔，有一府二鹿三艋舺的符碼；今天，飲食文化見證半線風華。這是先民的智慧結晶，也是彰化的珍貴資源之一。

彰化一帶，舊稱半線，是來自平埔族「半線社」之名。清雍正元年（1723），正式立縣；四年（1726）創建孔廟，先賢以「設學立教，以彰雅化」期許，並命名爲「彰化縣」。在地理上，彰化位於台灣中部，除東部邊緣少許山巒外，大部分屬於平原，濁水溪流過，土地肥沃，農業發達，有「台灣第一穀倉」之美譽。三百年來，彰化族群多元，人文薈萃，並且累積許多有形、無形的文化資產，其風華之多采多姿，與府城相比，恐怕毫不遜色。

二十五座古蹟群，各式各樣民居，既傳釋先民的營造智慧，也呈現了獨特的綜合藝術；戲曲彰化，多音交響，南管、北管、高甲戲、歌仔戲與布袋戲，傳唱斯土斯民的心聲與夢想；繁複的民間工藝，精緻的傳統家俱，在在流露令人欣羨的生活美學；而人傑地靈，文風鼎盛，舊、新文學引領風騷，成果斐然；至於潛藏民間的文學，既生動又多樣，還有待進一步的挖掘與整理。

這些元素是彰化的底蘊，它們共同型塑了「人文彰化」的圖像。

十二年，我親近彰化，探勘寶藏，逐漸發現其人文的豐饒多元。在因緣俱足之下，透過產官學合作的模式，正式推出「啓動彰化學」的構想。

基本上，啓動彰化學，是項多元的整合工程，大概包括五個面相：課程設計結合理論與實際，彰化師大國文系、台文所開設的鄉土教學專題、台灣文化專題、田野調查、民間文學、彰化縣作家講座與文化列車等，是扎根也是開拓文化人口的基礎課程，此其一；爲彰化學國際化作出宣示，二

○○七彰化文學國際學術研討會聚集國內外學者五十多人，進行八場次二十六篇的論述，爲彰化文學研究聚焦，也增加彰化學的國際能見度，此其二；彰化師大文學院立足彰化，於人文扎根、師資培育、在職進修與社會服務扮演相當重要角色，二○○七重點發展計畫以「彰化學」爲主，包括：地理系〈中部地區地理環境空間分析〉、美術系〈彰化地區藝術與人文展演空間〉與國文系〈建置彰化詩學電子資料庫〉三個子題，橫向聯繫、思索交集，以整合彰化人文資源，並獲得校方的大力支持，此其三；文學院接受彰化縣文化局的委託，承辦二○○七彰化學研討會，我們將進行人力規劃，結合國內學者專家的經驗與智慧，全方位多領域的探索彰化內涵，再現人文彰化的風貌，爲文化創意產業提供一個思考的空間，此其四；爲了開拓彰化學，我們成立編委會，擬訂宗教、歷史、地理、生物、政治、社會、民俗、民間文學、古典文學、現代文學、傳統建築、傳統表演藝術、傳統手工藝與飲食文化……等系列，敦請學者專家撰寫，其終極目標乃在挖掘彰化人文底蘊，累積人文資源，此其五。

　　彰化師大扎根半線三十六年，近年來，配合政策積極轉型爲綜合大學，努力參與社區總體營造，實踐校園家園化，締造優質的人文空間，經營境教，以發揮潛移默化的效果，並且開出產官學合作的契機，推出專案，互相奧援，善盡知識分子的責任，回饋社會。在白沙山莊，師生以「立卦山福慧雙修大師彰師大，依湖畔學思並重明德化德明。」互相勉勵。

　　從私立輔大退休，轉進國立彰師大，我的教授生涯經常

被視為逆向操作，於台灣教育界屬於特例；五年後，又將再次退休。個人提出一個大夢想，期望結合眾多因緣，啟動彰化學，以深耕人文彰化。為了有系統的累積其多元資源，精心設計多種系列，我們力邀學者專家分門別類、循序漸進推出彰化學叢書，預計每年十二冊，五年六十冊。並將這套叢書獻給彰化、台灣與國際社會。

基本上，叢書的出版是產官學合作的最佳典範，也毋寧是台灣學的嶄新里程碑。感謝彰化縣文化局、全興、頂新、帝寶等文教基金會與彰化師大張惠博校長的支持。專業出版社晨星的合作，在編輯、美編上，為叢書塑造風格，能新人耳目；彰化人杜忠誥教授，親自題寫「彰化學」三字，名家出手為叢書增色不少，在此一併感謝。

回想這套叢書的出版，從起心動念，因緣俱足，到逐步推出，其過程真是不可思議。

「讓我們共同完成一個大夢想吧。」我除了心存感激外，只能如是說。

·林明德（1946～），台灣高雄縣人。國立政治大學中文博士。現任國立彰化師範大學國文學系教授兼副校長。投入民俗藝術研究三十年，致力挖掘族群人文，整合民俗藝術，強調民俗是一切藝術的土壤。著有《台澎金馬地區區聯調查研究》（1994）、《文學典範的反思》（1996）、《彰化縣飲食文化》（2002）、《阮註定是搬戲的命》（2003）、《台中飲食風華》（2006）、《斟酌雅俗》（2009）。

【推薦序】

哲學戲劇化的作家愚溪

林明德

　　二〇〇七年，彰化師大國文系暨台文所舉辦「彰化文學國際學術研討會」，由我擔任總策劃，當時揭櫫會議的訴求是：「開創區域文學研究風氣，提升彰化文學國際視野。」籌備過程，蕭蕭曾建議愚溪是彰化人，他的新詩、小說數量驚人，值得注意。可是，一時找不到適當的論文撰寫人，祇能等待來日有機會為《彰化文學大論述》補上幾頁。

　　二〇〇八年，彰化縣文化局委託我主持「彰化縣文學館資料蒐集」計畫，為彰化縣文學館的軟體工程作準備。我把愚溪列入第一階段的訪談對象。孟冬的一天，我帶著助理登上羅斯福路的「鶴山」論壇，拜訪聞名已久的愚溪先生。

　　初次見面，大家相談甚歡，彷佛久未謀面的好友。多次訪談後，逐漸建構愚溪資料檔案，也讓我更清楚他這個人。

　　愚溪（洪慶祐，1951～），彰化縣芳苑鄉頂曬村人，屬於雙魚座。遍野棉花田飛絮，是「紫芳苑」的夢幻，西海岸潮汐是童年雋永的畫面，這些都成為原鄉意象。他年輕就喜歡老莊，十七歲時抱定獨身主義。二十歲當兵時參加軍中文藝函授班，培養文學趣味，二十三歲參加中國文藝協會，深受琦君、紀弦與王夢鷗老師的　迪，引發創作的興趣。他在二十二歲那

年，到東海岸花蓮，寄居哥哥傳慶法師的寺院，十年沉潛佛教經藏，參證佛法。這期間，他偶爾到台大旁聽，並追隨毓鋆老師，研習儒家經典。三十七歲，創立普音文化公司，大量文字創作與製作佛教音樂。

他的創作因緣，開始爲音樂專輯填詞，接著寫小說《紫金寶衣》（1994）、《袍修羅蘭》（1995），之後，他開拓創作領域，兼涉小說戲劇與短篇小說，擅長以簡樸的文字、靈活的意象、縝密的思維，探索人生哲理與實相奧 。

二〇〇〇年，他開始隨緣自在的寫詩，包括分行詩、組詩與卷軸長詩。二〇〇六年，他嘗試詩小說的手法，推出「別類物格」四部曲十二冊一百二十八章回，概括四個主題，即：一、長衿沈弓，二、妙鎖鋒利，三、夢藏e戀，四、別類物格。他肅穆的指出這種嶄新的手法，無非想透過微密深刻的觀照，析解人在時空流轉旅途的際遇，回溯生命的母體原鄉。愚溪創作相當多元，出版詩集、小說五十三本；製作音樂專輯八十張；多媒體劇本二十種，堪稱創作力充沛的作家。

二〇〇七年，愚溪五十五歲，一手擘劃「鶴山二十一世紀國際論壇」，作爲世界文學交流的平台，並舉辦詩歌獎，可見其文學智慧與抱負。

愚溪創作十六年，作品豐富多元，彰化學叢書編委會特別邀請他提供《愚溪詩選》與《愚溪小說選》兩種，以回饋彰化，分享鄉親。這裡稍作導引：

《愚溪詩選》包括一九九九～二〇〇三年的新詩三輯，其型態有分行詩、組詩與卷軸長詩三種。作者從《愚頑樂》、《霜降之歌》、《字母遊魚》精選五十五首分行詩與三種組

詩；又從《109.5°微塵經卷》選錄九首卷軸長詩。他發揮大想像，思接千里，「心念瞬間迴轉八千里」、「那遊空萬里／出入往返不留蹤」，馳騁三千大千世界，運用佛教語彙與意象，傳釋覺悟者的風光，例如：「……一切蒼生曾作過相同的夢／生生世世傳遞基因複製一個個夢中人／忽從老森林的亙古菩提樹下醒來／卻不見伊人回家」（〈色〉）；〈孕荷〉組詩包括四十二首，取《華嚴經》四十二字母，焐寫宇宙曠古眾劫最原初的四十二種微妙基因，例如：「sca虛空足跡／忘憂草從露珠照見／世界相互依存的　密／魚　捺不住閒／不停遊走／伊的眼神在演戲／誠摯認真」（XL）可見其奧義之一斑。他的詩篇或寫思親或抒鄉愁或探生命本初或證真理究竟，一向以細密語言、靈話意象，傳釋一份微妙的照見。他的〈路〉一詩，已譜曲入歌，深受矚目，並且譯成多國語言，而傳誦一時。至於卷軸長詩，彷彿「卷軸式」山水畫，展開之際，幽勝無盡，同時映現生命究竟的莊嚴聖境，特別引人深思。

　　《愚溪小說選》是從「別類物格」四部曲中的《妙鎖鋒利》與《夢藏e戀》中精選重要單元所組成。四部曲十二冊是作者歷經九年構思、創作的套書，在一百二十八章回的大結構裡，作者重複人類亙古以來不斷探索的母題──從何而來？為何而來？例如：「……我／你、我／你、我、他／從哪裡來……」（《夢藏e戀　第七回》），顯然是他內心的終極關懷。在這兩大主題的精選章回中，作者安排巧妙似禪的故事，運用多次元、虛擬情境，透過夢幻／真實，精神／物質的二元對話，直指宇宙的清淨本體，為人生逆旅解碼，覓尋生命的原鄉。正如「夢中的戲都得認真演出」（〈歌Dhvaja─淚之刃泣

入菩薩心〉），他的語言負荷了多重的哲學思維，往往藉著戲劇方式表出，完成「哲學思維的戲劇化」，這使他的創作文本跳脫呆板說教的模式，毋寧是他詩小說的一大特色。《愚溪小說選》僅作部分展示，進一步的解碼，還有待讀者作宏觀的追蹤。

　　愚溪的海經驗，十七歲以前是屬於西海岸的芳苑，二十二歲以後則屬於東海岸的花蓮。前期看落日、心情憂傷；後期看日出，心情愉快，顯然地海與他的生命密不可分，卻有所分際。這些都是他創作的重要場景。在他眾多的創作系列中，芳苑是一再出現地理意象，他的自白：「最親近的，還是兒時紫芳苑／那清風下的三椽小茅屋」，可為例證。他少小離家，有時忘了歸鄉的路，但幾十年來，原鄉一直是他的心靈夢土；而這兩本選集的出版可說是回饋原鄉的實際表現。

【自序】
兒時的土墩厝與牛棚

愚　溪

　　兒時的棉花田與葡萄架下的鞦韆，是我心中最美的記憶。

　　彰化芳苑鄉的頂廊村是我成長的故鄉，我的童年是在皚皚棉花田中遊戲長大的，我在一九九五年發表的小說《袍修羅蘭》中，即有我最初故鄉的原型「紫芳苑」。兒時住的是古農村三合院的土墩厝，庭院間有一棵老榕樹，邊上還有一間牛棚，這就是我兒時的原鄉，至今仍然記憶猶深。髫齡時的我常橫身牛背上，編織未來的夢想，環繞土墩厝四周的是綠油油的地瓜園與田田的荷芙蓉，爾後長篇小說《阿蜜利多》中的「蘘荷園」即有此間的概念。

　　記憶中，頂廊村僅有一間小廟宇和一爿小雜貨店，我就讀的小學名叫「路上國小」，小學生遠足最常去的就是王功沿海，那裏有一座大廟「福海宮」。路上國小離頂廊村很遠，沿途兩旁都是陰森森的林投樹，路邊錯落幢幢的土墩厝，也充滿著許許多多神奇的鄉野鬼怪傳說。一條長長望不見盡頭的路，即是我每日由頂廊村通往路上國小求學的必經之途。儘管如此，成長以後，我仍一心懷念兒時的頂廊村，嚮往著那座質樸善良充滿原力的小村落。

　　重新回溯著這間小廟、小雜貨店，與錯錯落落的土埆厝，這個如夢似幻的地方，處處充滿了魅力的鄉野，成爲日後我一切書寫原創的母體與夢土。即使寫給阿布杜・卡藍總統〈青鳥的月光奏鳴曲〉，亦是以此架構想像鋪陳出他兒時的記憶空間，因爲所有小孩最初原鄉的記憶大致相同；就像二〇〇七年春分在新德里總統府初晤卡藍，他贈予我一首詩〈我的花園在微笑〉，當他坐在「神仙亭」中朗讀時，我的精神爲之一振，彷彿重回到童稚時的棉花田裡葡萄架下，或是置身在紫芳苑美麗本眞的花園中。

　　我所有著作原創力大都來自兒時芳苑鄉，在頂廊村的夢幻網中時間與空間兀自綿延生發。自我在一九九四年發表的第一部小說《紫金寶衣》，到二〇〇九年在捷克國家圖書館發表詩・小說卷《碧寂》，總共發表了近七十本的著作，其中包括詩、小說、戲劇等，但這些全都離不開兒時的夢想的原生地──紫芳苑。純樸的頂廊村，勤奮的農民，朵朵恣意蓬勃開綻的棉花田，就是我編織未來夢境的原動力。雖然弱冠之後的我曾經閉關蔚藍的東海岸讀經習禪，心中依然牽繫著紫芳苑；縱使行遍世界各地，午夜夢迴，腦海中還是充滿了棉花田裡老榕樹下的美好時光。花生、甘蔗、玉米、地瓜的香氣總撲面而來……。

　　在那個年代，兒時的頂廊村一年總有一次大拜拜，節慶上熱烈的廟會氣氛令人著迷，也令人渴望。每當戲散之後，寂靜的小村幽闃的夜晚，萬籟俱靜，田間此起彼落窸窣的蟋蟀與蛙鳴是最純淨無塵的月光曲。在沒有廟會的日子裡，兒時的我從不知這世界還有燈光，日日與同伴在田埂間追逐，在日暮炊煙

嬝嬝消散後歸家，在燭焰明滅的暗夜中入眠。熱鬧的廟會上，除了歌仔戲之外還有布袋戲，每當布袋戲與歌仔戲在野台拼場競演時，台下的我常看得如癡如醉，宛如進入忘我之境，不知誰才是真正的我！殊不知戲中故事變化萬端的情節，深深印刻在兒時稚嫩的腦海中，自然而然影響我日後的寫作手法和風格。

至今已有四十多個年頭沒有回到兒時的紫芳苑，但每當我來到了世界的另一個中心，從布拉格願景九七基金會相會「哲學家總統」哈維爾，或在多瑙河之畔匈牙利國家議會朗誦我的長詩〈路〉；從印度新德里總統府的「神仙亭」花園，到蒙古那木爾‧恩和巴雅總統官邸的「大天空寶殿」，不論是何時何地，每當任何景物吸引我的時候，也同時緊緊的依在我原始原鄉的夢想。運足行旅間，我總會深深回憶觀想兒時的三合院土埆厝——那一棵老榕樹與那一間牛棚，以及一條長長無盡的路。

愚　溪

寫於二○一○年歲次庚寅正月十一日王春

【目錄】 contents

【妙鎖鋒利】

未形：無名小卒

「自然之數生在
　那混沌一氣未分之前
　析色　塵塵影影生生現現
　恢大詭奇譎詐怪妖　有形化物」
　　　　　　　　　——物格

·窅窅

水無涯汪洋無涯

潢溔　惚恍

有隻遠古的神獸歛跡藏形

風凜凜

有間幽宅

寂寥虛曠

有座碧巖的浮雕

畫裡盡是太古前

流傳已久的故事

十道玄門窅窅

誰見誰曉

彌綸包羅　幽深眇眇

在玄黑之夜裡……

三塊岩石托起的山坡崖頂

一絲炭火的餘溫嬝娜

風稍止　一盞燭忽明

照見了漫山的蘆葦白芒草
山童：從夢中竟自覺醒
　　瞬間超脫
　　靈知獨照
　　擁眞我
　　抱一湛然
　　刹那迴入希夷之境
　　在潔白無垢○
　　零的空間……
　　突然又浮現
　　過去戀人的往事記憶
　　突然又浮現
　　未來至愛的純想密碼
　　薰薰南風就在今晚
　　悄悄拂過仲夏夜夢的窗口探索
　　看那美麗嬌艷的情人
　　究竟是不是還躺在我的胸口……
抬頭，一輪明月緩緩出水
從遠方的海面迤邐銀色的潮水
輕拍海邊的岩岬

・胎殼
化母所育
弘誓原本就孕於最初發心
終極的關懷應是勇於大悲赴難
有化母輕輕抖擻胎殼

群狐遁逃
個個只顧自己的性命
蹦蹦跳跳情不自禁
尤其在陽光穿過林間的金色光束下
藕白的玉臂，蔥尖般的十指柔荑
捏揉著空氣中的陽光
雙瞳剪水款款流轉彷彿有情
采薇：e超三域　寄懷無所

　　　蹈大方　與物推移
　　　在那雙處女之眼的顧盼間
　　　在那對舞動飛天之舞的十指螺旋裡
　　　奔放
　　　迴旋
　　　再迴旋
　　　入　非想非非想
　　　看那隻高腳的拉雅蜘蛛
　　　在夢裡徘徊
　　　在光陰的夾縫中等待獵物

織世網，一位超酷的駭客
將自己遊戲主機的記憶體
升級到最高智慧檔案的級數
徧撒迷離的羅網
拉攏所有的玩家
使之一起相互依存
在共中共業裡　同盟
在共中不共業裡　敵對

在不共中共業裡　敬拜
在不共中不共業裡　受制

·象形
工藝神匠：一陣霞飛星爆後
　　　　銀河又沈默於寂寞虛無
　　　　一陣裂石崩崖後
　　　　大地的沙子又唱起——
　　　　無執無競的和平之歌
　　　　水精靈在冰稜上行腳
　　　　剎時風吹萬竅天籟交響
　　　　螢火蟲在劍刃上飛梭
　　　　看那美麗的罌粟花
　　　　愛展現它顆顆堅實的種子
　　　　有巢如鳥築巢
　　　　燧人隨伊鑽木取火
　　　　若是你安立天下
　　　　那麼你就應跟著真理的腳步走
山童：應物象形
　　　　燃燒不等於灰燼前
　　　　最原始之初的那一道曙光
　　　　井枯了　河枯了
　　　　總在那一陣暖暖的季風過後
　　　　形　乃依他所起
　　　　所以徧計所執
　　　　象　永遠跳不出

方圓的假像
○　零的幻想
潛藏在古老的遊戲畫面
從玩家的窗口自在傳輸
就夢的原點隨緣存取
偶爾神變
偶爾滅度
谷·鏡·影·響
係因情繫於動靜
而誤入於妄想之域
是誰
將一株大樹的玄根
深植於寂光的虛壤

·渾元

物格：萬有三分天地人
　　　一生二　二生三
　　　三生萬物
　　　變化遷流四時代謝
　　　自然之數生在
　　　那混沌一氣未分之前
　　　析色　塵塵影影生生現現
　　　恢大詭奇譎詐怪妖　有形化物
采薇：很久很久以前
　　　曾經
　　　做了一個早已不記得的夢

夢裡夢　夢又夢
原本重重複複後又都遺忘了
情人以指螺
觸入我眉心的脈波
不知今夜
我將如何重返疇昔夢境
來圓過去所做過的那個原夢

·託情

山童：起錨返航
　　期待——
　　寒灰再發焰
　　枯木又騰芳
　　一時天搖地動
　　大海嘯吞巨浪
　　水漩渦翻滾那艘從亙古
　　漂泊來的孤舟
　　水精靈朵朵在浪花裡浮沈
工藝神匠：聽說原是銀河星海
　　飄降的一片落葉
　　只有緣起沒有終止
　　霧非霧　花非花
　　不是這樣　不是那樣
　　看那一盞孤燈獨自月光下漫遊
　　風信子在薰薰南風裡歌唱
　　香香豆豆的思念

停留在小滿的最後一天
本原如是一艘永不沈沒
永不退轉的荷花之舟
早就超越了有無之數的境界
只因託情大悲關懷人間
所以紛紛擾擾不止息……

·虛返

采薇：一把石火怎能點到天明
物格：一莖小草向上蒼祈求
　　　在今夜的夢中
　　　不會蛻變爲一條青蟲
　　　一隻小鳥唧一瓣花
　　　來到蒼翠的碧巖前
　　　等待那別離三千年的故人
　　　在今夜來相會
　　　夢裡來夢裡去　未曾虛返
　　　少女抓魚
　　　手握竿頭驅趕魚群
　　　有條大河匯入
　　　一灣流動的三角溪
　　　溪河在今夜
　　　從原夢裡游來
　　　一群不知名的大水魚
采薇：我魔幻的臉有雙魅惑的眼
　　　一樹的五葉楓拉起紅色的帆

航行在茫茫的霧之海
愛人與情人的念力
在一條相思的迴廊相互撞擊
月光下錯覺殘留的影像
獨自徘徊在夢的窗口
起舞　剎時水煙飛天
化成一團渾元液體的
宇宙之卵

・妙存

工藝神匠：一條纖細的蛛絲
　　　　網住一隻趾爪緊抓著地球的鷹
　　　　兩岸蘆花
　　　　藏一匹白馬兩隻白鷺
　　　　老漁翁撥烟趕霧入叢葦
　　　　尋蹤
　　　　雲暗暗
　　　　不知天色是早是晚
　　　　老樵叟運水搬柴生炭煮茶
　　　　等待　遠遊的遊子歸來
山童：相忘不了疇昔那段天女的〈散花吟〉
　　　　唱一曲　只爲了吐露心聲
　　　　唱一曲　只爲了療養過去那段情傷
　　　　唱一曲　召喚一隻神秘的水怪
　　　　只爲在波濤翻滾的大河中
　　　　不怕風　不怕浪

依然勇敢地划著船兒向前行

·別差

采薇：深眠一念間　人間

　　早已飛逝八千年

　　才低頭又錯過──

　　剛剛才在山門口看到的那隻鷂子

　　轉眼間早已飛過了新羅國

　　畫裡有屋無鎖鑰

　　昨夜不知是誰擅自闖入屋門

　　今朝的門楣還留露凝香

　　是物是我

　　眾神相約在虛擬的舞台格鬥

物格：是出　是在的魂

　　都是那場鬥戰後

　　所遺留的殘影

　　是誰將夢幻的空間加密後

　　再輸入情人的夢海裡

　　讓伊永遠

　　誤以為真實的境地

·自我

山童：靈山

　　早就不見雙侶來作客

　　只有孤獨的浪人

　　披毛戴角拽耙拖犁

獨自在接雲處徘徊
毀滅者早已將空間結界
獵人師帶著一群狩獵人
迅速衝出正熾烈燃燒的火海森林
來到化城寶所的夢幻之宮
仿造一彎拈花的微笑
複製一雙挑逗的媚眼
剎那　樹蔭森森的明暗光陰處
到處遍滿躲躲閃閃
滿目森羅的幻眼牆

‧滯制

采薇：瓦礫生光

一把活人劍闢開千溪萬澗
條條大河奔入大海
幻作波濤洶湧那風起浪高
水中有月如鏡獨照
照見那寂寂亂峰沈沈古殿
水中有月如鉤獨釣
釣起──
藏在水中冬眠的那隻怪龍
將牠挪移至十一面立方體空間
二十重宇宙幢幢疊疊的圓形內
那轉動輪迴的軸心中間
追尋蒼生在夢幻世界裡
命運的刻度

· **彼此**

山童：乾坤失色

　　一把殺人刀截斷眾流

　　使萬機寢眠

　　所有原夢從此沈踪…

　　情人從遠方捎來的那片紅葉

　　不知何時掉落江心

　　隨波逐流又錯過

　　情海迅闊

　　是多麼久遠的等待

　　卻又這麼輕易地

　　讓它悄悄又溜走

　　津難渡——

　　2005.6.11乙酉端午

　　午後三時三十分

　　天鼓雷音十三響

　　漆的黑伴紅的紫

　　大雨傾盆

工藝神匠：大悲赴難

　　眼目炯炯精神矍鑠

　　大雄大力疇昔的閉關者

　　汗水一滴滴滴落

　　滴落如珍珠……

　　顆顆珍珠被拿去變賣

　　串成項鍊送給情人當禮物

　　卻猶說依依不捨還落淚

看那蛇怪坐花轎
在紫色的花之海翻騰
看那化城的女子
一雙妖嬈的腳趾
踩在夏日的沙灘
預演充滿期待的複合式故事
愛殼　不愛殼
是誰在夜天行露的
23.5˚C的星夜下寫情書

‧萬累

采薇：秋風起兮涼又涼
　　　是誰在橫舟野渡
　　　看那無鉤無餌的
　　　一釣翁在遊戲
　　　卻早已辜負今宵
　　　貪慾的魚兒
物格：一道道銳利的視覺幻光
　　　窮追
　　　一片片網海虛擬的影像
　　　一朵朵奔向夢幻絢麗的色蘊區宇
　　　然後遁入那方
　　　空洞虛無的縫隙
采薇：留守在第九次元的那個我
　　　苦　早已盡見
　　　看那小小的青鳥

與雄壯的大灰鵬
相約在威音劫外格鬥
在九次元的我
一時張開心中眼
當下所有一切的境相都消隕
從此之後──
已不知這場格鬥　最後
到底誰輸誰贏…
物格：一種七彩三原色的泥　在瞬間
封印了一座神秘迷濛的紫藤花園
突然大量的玩家
湧入虛擬的世界裡遊戲
一台伺服器早已超載……
一台伺服器快被擠爆……
上線夢遊的小村落
沒有客棧　沒有茶亭
只有行腳於江畔的出外人

・重惑

山童：靈山會裡看春色
大地儼然已春回
落英繽紛紅滿天
當情人的指螺觸入愛人眉心
一種微微的震動將裂解
六種感官的結界
生生世世累劫的記憶

都會在一瞬間全部開啓
此時方知——
夢裡那個長得巨大身子
叫做「我」的
不是野蠻的侵略者
工藝神匠：是誰悄悄將e
在背心肩上的
那只圓形口袋的活塞
打開——
袋裡那隻飛魚不知何時
悄悄跑來移岸船家的古燈塔
與情人約會
看一隻小小的螢火蟲
也敢作念欲徧照閻浮提世界
看那小小的荷花舟
竟也航向無涯的大海欲窺其畔

‧譏動
采薇：雖然你將沙漏顛倒放置
時光也不會因此倒流
一番細雨輕輕說
伊卻不肯聽
任從他——
在狂野的夜
在餌的陷阱
扮演大統領與小丑角

散播污染指數

迷惑一群方從深密處

剛初生的古生物

是一種特殊另類的新物種

看　那江畔岸上的花朵

悄悄化爲蝶飛向海邊

再變身爲魚

化成鯤潛入海央

等待在那夜

有一輪潔白無垢的月光下就位轉身

化爲大鵬飛向九天

物格：看那群失去往事記憶的遊子

如童子般幼稚無知地

玩著對抗地心引力的

攀爬遊戲

· 動寂

山童：桃源客夜半穿靴入塵

一隻小小蝴蝶　悄悄

截斷一縷青絲線

自由自在飛向天上人間

少年騎著那部轉動光陰齒輪的

自行車飛駛在

由千百億張老照片鋪成

幻影流映的銀幕徑路

卻遍尋不著那幅疇昔定格

與原鄉人牽手拍照的兒時畫面

・窮源

采薇：幢幢濃雲橫布天邊
　　　一群歸鳥迷路不知返
　　　脫卻羽毛衣
　　　卻又披上鱗甲裙
物格：太陽神從來不爲月亮說故事
　　　去年生日曾經許願——
　　　願依在我的身邊永遠快樂
　　　今春卻早已移情別戀另個愛人
　　　情想　怎能不叫人一陣酸痛
　　　業繫　卻已化爲永夜沈睡不眠的
　　　夢之魂

・通古

山童：萬古松籟覓知音
　　　孤崖密印寒潭月
　　　空洞本無象
　　　皆因萬物由我造
　　　一方亙古湛深的海印底心
　　　還留有三千年前殘存的顏色
　　　今怎可色中求
　　　今怎離色中求
工藝神匠：妙轉少年戡玄機於未兆
　　　　　峰迴路轉

陣陣南風吹清涼
妙轉少年藏冥於即化
水闊山遙
斜斜西北雨下在秋江
天女解脫
形形色色拼湊春與秋的眞色
繽繽紛紛攪亂秋與春的界分……

·五陰

采薇：蒼天　蒼天
　一條牛踐動滿地落葉生煙
　一陣風雨後草色更鮮
　閉門藏戶的孤獨客
　與少小離家在外的遊子　誰憐
　色受想行識五蘊區宇全被結界
　封印在最初原鄉世界的雨林濕原
　參訪者反霸佔主人的閒居處
　以一幅神秘的第九卷軸
　編織宇宙主體遊戲的幕後故事
　卻因伺服器有時不穩定
　使參與的所有玩家
　連線經常偶爾暫停
　使剛生發的一縷幻想快閃的
　眞愛情緣
　在刹那間灰飛煙滅
　化爲夢中情局部的倩影殘骸

…⊙…

眾藝：渺瀣……水無涯……汪洋無涯……

　　希夷……離聲離色……

　　都看不到……都聽不到了……

　　惚恍……非有非無……

　　我的原鄉在哪裡……

　　一艘無遮不畏風雨的銀色風帆……

　　被一片雲遮覆……無聲無聞……

　　只有大海的潮音在永恆地歌唱……

　　明暗……出幽入冥……

　　通塞……風吹萬竅……

　　忽寂忽滅……

　　誰能捨得那支返本眞鑰……

　　化母所育……恢大詭奇譎詐怪妖……

　　來自胎藏界的嬰——

　　搭乘一部通天的雲梯……

　　摘走天上一顆星辰……

　　冥……如……鏡……顯現萬物于方寸……

　　我……曾歷經一場夢幻的海域……

　　親見鮫人泣淚的明珠……

　　有位頭戴燈斗笠身披火浣衣的風帆少

　　年……

　　在萬道洶湧的十七級浪峰頂高歌……

　　不要相信風……

　　不要相信浪……

　　純情的你從伊底眼神

窺見伊心裡最深處的靈魂……

空洞無象……

在寂然不動的境界裡……

總因……我……

方能再造一個真實的世界……

汪哉洋哉……浩瀚無涯……

在偉大的航路……

一隻隻大鵬潛入海裡化成鯤……

返聽不我聞……

在偉大的航路……

雷雨閃電互競敲打這混沌玄冥之海……

有位少年拾得一根銀色的髮絲……

換得來自偉大航路的One Piece……

…⊙…

·玄得

工藝神匠：牧童兒時所造的飛牛

　　　　早已幾度踏遍千條溪萬道河

　　　　剋字訣

　　　　月依稀　煙香霧孃

　　　　少女攜琴依偎守護

　　　　永遠永遠不再相思離別

山童：蕩滌萬有

　　　在一座老舊八卦磚瓦的窯

　　　有道弧形的口

　　　深秋夕照的斜陽探入

洞裡的道一節明一節暗
微妙間錯成一張黑與白的太古神琴鍵
譜出一曲寂寂無聲的大地之歌
工藝神匠：滅度——
　　若能以109.5°窺天地的牖隙
　　即可照見無邊無際的虛空
　　大地人物赤子心
　　一隻神鷹的剪影
　　浮貼在蒼翠的綠波間
　　一隻青鳥來到湛藍清澈的水面
　　照影
山童：去年初春深埋土裡的種子
　　於今年驚蟄的一聲雷響後
　　解除封印
　　海　涵育蒼生疏而不漏
　　汪哉洋哉　汪洋無涯
　　靡不成就那個無名的小卒

素潔：山姑娘夢裡的驚奇

「夢幻的我甚是滿足
　卻已尋找不到出去的門」
　　　　　——山姑娘

山姑娘一雙明亮的眸子
已在燃燒熾烈的火燄
飛揚的兩片眉毛
牽起一對嘴角往上翹
挺立的鼻樑如峰
輕輕吸入野百合的芬芳
柔柔的長髮飄過肩膀
在陽光下顯得特別烏黑亮麗
幾抹白雲飄過
偶爾遮那放光的眼神
幾朵小白花鑲在伊底耳鬢
引來一隻蝴蝶在伊身邊徘徊

瑞夕比克
與3.28767123的一雙靈眸
追擊無極象限儀的流星群
從無垠的銀河系劃過
輕輕碰觸一個奇異點
震波擴及

八萬四千綿綿密密微細交感的神經脈絡

……

山姑娘：是一場奇特的夢

　　　　漫天的蝴蝶在飛舞

　　　　是一個清秋的夜晚

　　　　幾滴白露宿在楓葉上的季節

　　　　思念的心引發靈的悸動

　　　　是睡裡微微顫抖的唇

　　　　在傳呼遠方夢裡的情人

瑞夕比克：109.5° 想入

　　　　非想非非想

　　　　妄念在回憶的通路伏擊

　　　　我心在夢想的邊境納涼

　　　　一道閃電劃過

　　　　千般思念瞬間投影在人天之眼

　　　　現前

山姑娘：原來自於三千年前

　　　　本生因緣的事蹟

　　　　在九兆光年前

　　　　就已出現過那赤裸裸的印記

　　　　在無邊遙遠的他方

　　　　冥王星裡猶存在著

　　　　早已永恆思念原鄉情人的那念輔助元素

　　　　我是你永遠的夢

　　　　你是我永遠的愛

看那滴相思的淚　滴入
有情的香水海
瞬間掀起萬丈波濤
翻閱
那頁塵封千年的亙古愛戀
瑞夕比克：鳶峰
鶴夢
依稀
有道黑影如疾風掠過
渾然似魔咒般拽住遊子
守在光陰的縫隙等候
界外　有人丟入一顆石頭
擊碎寒潭
照影那朦朧的自我
慈母緊握手中線
繫念

山姑娘
e怎能還學孤獨的旅人
踽踽在寂寞的旅途上獨舞
看那長有蝶翼翅膀的仙女
飛入最初升起的天鷹星雲
預演一部仙境傳奇
瑞夕比克──
畫個框□
將你框在巨大的漩渦之眼

再送你一只古羅盤
畫個框□
將他框在幽冥的玄夜之央
又送他一盞
永不熄滅的種子燈燄
畫個框□
將我自己框在一座儲存歲月的舊衣櫃裡
再送自己一張兒時的老照片
有個我　趺坐
投射漫天的光
照亮整座宇宙
影現重重疊疊的十玄門
一道道
瞬間開開閉閉

山姑娘：波濤洶湧的銀色擎天巨浪
　　　　有道接引e的光
　　　　導航e進入@的心殿裡
　　　　被一種伽瑪的元素
　　　　化成溫暖的愛深情地擁抱
瑞夕比克：3　參
　　　　伊說我是你的戲迷
　　　　2876　沙子望著石頭
　　　　嘆口氣說　空無主宰
　　　　7123　石子望著沙粒
　　　　搖搖頭說　一片霧煞煞

2876+7123　參
那戀人的真面目
你離不開我
我離不開他
他離不開伊
伊離不開眼耳鼻舌身意
參　3
你說我是伊的戲迷

山姑娘隨著深度憶念的導航
喜悅地登入——
遊戲園林早已開滿了野百合
微妙的花香沁入伊的唇舌
微妙的輕柔觸入伊的身軀
花之鬚在挑動伊的耳
花之粉在渲染伊的蝶衣
花的蜜在釋放深密的甜度
花的瓣在營造春天的光芒

瑞夕比克：諸神出了一道謎題
　　　　使天下人都迷惑
　　　　夢裡無身
　　　　云何覺觸似真
　　　　冥　今日魔幻的獸
　　　　偽裝成搔首的禽
　　　　野蠻地強勢入侵

彰化學

越位

獵殺

者場明眼人落井的腐朽戲碼

落幕

從你的眼眸裡彷彿看到

另個諸神的舞台

山姑娘：在金剛界裡孕育

在流轉的時輪裡　涵養

滿足飽滿的喜悅……

虛擬的我

在夢裡猶踏春

瑞夕比克：寂　寂　滅　滅

旅人睡著了作夢去

卻還牽掛寒夜裡身軀那襲黑色風衣

過客每天在荒野遍處

追尋那口枯井　照鏡

卻經常看到陌生的人

我　只能輕輕

微張三分目

山姑娘：夢幻的我甚是滿足

卻已尋找不到出去的門……

禁閉　封印

e欲離去……

@告訴e

只有兩種方程式的選擇

瑞夕比克要她練就
一身金剛不壞再出去
在幻化的十玄門裡
每個薰習鏡中趺坐；
在凝思的六種感官
每個水中月裡冥想
經由@的培植持續長大壯麗
有一天就能任意打開
@以十枚指螺所化現的十玄門
e就能自由自在返回自性的心地……
e經由自我的薰念淬鍊出
那把無堅不摧的金剛王寶劍
在瞬間消隕那自無始無明以來
情與愛的罣礙
就能破解十玄門的奧密
從@的十只指螺遁走　逍遙地
返回根身器界的化城寶所…⊙…

瑞夕比克：少年踩著夕陽的裙角回家
　　　　夜夢來到銀河偷星
　　　　胳膀卻被北極星烙印
　　　　老禪師愛入洞內參天
　　　　工畫師愛在虛空中掘井
　　　　野牛的蹄甲愛印在朱紅的朝霞裡
　　　　趺坐的我升起天鷹星雲
　　　　完整的一個我裡，應含容

你我他她它牠祂，還有伊e
踩著浪花隨波逐流的伊
逍遙遊於上下高低起伏的
潮汐間迴流帶
回憶與夢想在當下的刹那
化成一念永恆的交織與相融
看那北國絕色的白森林
盛開的罌粟花紅如火焰天
使人目眩神迷流連…⊙…

山姑娘：我今
　　e只能留在@的身外化身的夢裡
　　夢境的天鷹星雲
　　偶爾展翅飛翔
　　偶爾凌空遨遊
　　任e在十枚指螺化成的
　　十玄門的每個角落逗留
　　慰撫妙觸
　　喜悅愉快底品嚐愛的遊戲

瑞夕比克：夢幻之野──
　　輕柔堅韌的雲羽
　　在天空御氣流悄悄飛駛
　　神秘的魅──
　　金鷹揚起那雙光芒璀璨的翼幅
　　遮那半輪形的月光

山姑娘：如是一切所有境地
　　皆因曾經在過去的

彰化學

無數劫裡
日日夜夜
相思薰習
繫念增長
須臾間都不曾相忘
逐漸　靈空
有道愛的朱紅
悄悄縫合那澄藍的天
瑞夕比克：空白的心靈
不是清淨光明純度的百分之百
常寂光鏡的背面
覆藏生生世世未兌現的承諾
收歛　攝存
情與無情都是失憶的留影

是夜　換@作了一個夢
夢中的山姑娘
穿著一襲金黃色的衣裙
奔跑在
開滿金針花的赤科山玩耍……

山姑娘e恍然若有所悟
是一種律
釋出巧合之妙的或然率
是否　因思念的心
被一種超感應力在暗藏相憶的密碼裡

彰化學

不自覺地導航
所以在夢中化成一隻蝴蝶
不自主地闖入@在趺坐時
升起那擎天之勢的天鷹星雲
我從此依戀在
十枚指螺甜蜜的觸覺裡
不願須臾離去
剎時　有股能的力量
直衝天心
劃開重重無盡的門
返回　原始夢中夢的那個
虛擬的情人

啐啄：復活之路

「在荒與廢的墟中

兩位少女與一隻狼在玩原始的野蠻遊戲……」

——九書生

色授魂予：枯枝未發芽時

　　　　一隻大黃雀獨自佇立

　　　　等候螳螂

　　　　夜天裡有只冥空的銀鉢

　　　　遠方飄落一片葉子

　　　　剎時

　　　　鉢裡

　　　　出現十三級狂嘯的風

菀柳：我來自於荒的世界（墟）…。…

　　　以一場無情的愛

　　　演戲給你看

色授魂予：碧油油兮芳草綠

　　　　小女孩凝眸逐翠浪

　　　　波不揚眉

　　　　白雲沈沈兮

　　　　百花絳朱紫

　　　　春的腳步

　　　　隨幽鳥一路敲敲唱唱

　　　　來到少年情懷

那夢的窗口
菀柳：我像一隻喜愛妙觸的精靈
　　　獨自徘徊在荒野舊王闕的守城門
　　　我如一隻蝴蝶闖入異次元空間
　　　四處搜巡　出不得
色授魂予：猜一猜
　　　云何白天裡
　　　他的舌頭總是那麼甜蜜
　　　云何每夜夢裡
　　　他總是不自主地哭泣
　　　是否因e童年常獨自上山
　　　來到雲的門口
　　　看到小女孩心中那一張張
　　　有著美夢般的奇想顯影
菀柳：時間與空間
　　　孕育　在
　　　虛無與夢幻的那邊
　　　過去與未來
　　　錯置　在
　　　念‧思‧想‧憶的疊影
　　　若是一脈情深
　　　怎容得有二與三的
　　　叮囑與護念
色授魂予：上弦月駕雲駛過疇昔新月跌落的河
　　　下弦月悄然貼近往日新月跌落的河
　　　藏匿在大河水央的新月

在上半個月等待下弦月

在下半個月等待上弦月

偶然十五

還伊天上一輪圓⋯⋯

蕑葭：我來自於廢的世界（墟）⋯。⋯

一場剛烈的搖滾

原來自混亂的暴風雨之核

色授魂予：好一座殿身

蝶

在窗外窗

競演夢裡虛擬的幻中幻

愛戀的殘影

染濁了蝶翼的輕盈

蕑葭：閃電點燃一道道暈眩的火光

九書生出個謎題要我猜一猜

色授魂予：風在水面縱橫

指引遊輪

雨在雲空巡弋

浪漫行腳於色邊際

玩心在童子的夢海

運載從不過荷

謎題：怎樣才能顛覆

乾與坤

正與負

○與1

的夢幻遊戲⋯⋯

色授魂予：昏昏冥冥

　　　　不知是誰睡著了

　　　　老油燈孤獨地在窗裡搖晃

　　　　夢裡──

　　　　明了意識

　　　　倒轉沙漏

　　　　重算反時針的運行

　　　　逆向光陰

　　　　觸目驚心

謎題：怎麼才能從無限遙遠的想像

　　　在瞬間拉至最近的距離？

　　　怎麼才能觸及夢幻之核

　　　使我心在化城寶所漂流九秒鐘

　　　使e心從妄想之域遁走九光年

色授魂予：眼神不懂月光的召喚

　　　　任意拉下睫簾小歇

　　　　夜天潑墨

　　　　陣陣暈染眉間的精魂

　　　　天清地寧

　　　　宇宙寂寂大音

　　　　今　云何塞聽

蒹葭：如何方能掙脫e的擒拿手

　　　我只好學木偶凍結自己的肢體

　　　化為一張張一幅幅靜止不動

　　　如時輪金剛的永恆超美畫面

我愛執藏：飄零的落葉

愛玩大風吹

羽化的蝶

停在花外的格

浪濤洗過的石頭

愛在沙岸搶灘

脫殼的蟬

飛向

空明的湛藍

九書生：在荒與廢的墟中

　　兩位少女與一隻狼在玩原始的野蠻遊戲

我愛執藏：兩輪黑幽幽的旋風核

　　形成一對渾淪之眼

　　上下、左右四道烏溜溜的眉睫

　　化爲兩座護城河

　　愛的甘露　從

　　寶瓶口滴落

　　破碎的圓靈水鏡

　　變易

　　——極纖細猶如鄰虛的水袖

　　覆藏　伊的情

九書生：我夢中超巨大的美女啊

　　身外化身爲

　　九九女子的傳奇幻影

　　在多少夢裡　邂逅——

我愛執藏：駭客入侵

　　一道野蠻的尖之刃

滲入　少女那雙迷惑的眼眸

　　　肆意地翻閱伊眼神裡

　　　亙古的夢境

九書生：我在一只水晶瓶子裡收藏愛情

　　　瓶蓋開了，冒出一片綠霧

　　　一位超巨大美女現身於空江煙浪

　　　瞬間變身爲九九女子

　　　如幻似眞

我愛執藏：鼻子翹得高高

　　　兩片唇化成一口彎刀

　　　先梵天咒　如

　　　紅雨飄落……

　　　瞬間

　　　九書生的笑容更燦爛了

九書生：只因我愛所執

　　　終日迷戀那座透明潔白

　　　光鮮亮麗無瑕如冰雕的裸體女神

我愛執藏：故鄉失落的一團泥土

　　　有朝又被農夫帶回田裡去種菜

　　　小丑打鼓

　　　召喚生與旦跳舞

　　　不朽的靈不接召

　　　放浪身外的殼

　　　任由伊傷痛

九書生：在濛濛煙雨中

　　　有的化爲春筍

有的化為光搖銀海的秋波
有的化為薦酒紅螯般
如螯封嫩玉開合雙雙豐滿的櫻唇
有的化為在雪白冰峰間綻放的紅蓮
蒹葭與菀柳
戴上一張虛偽的假面具
裝扮成聖潔冰心的美少女
結界在炫麗如夢幻化城的舞台
珍禽與異獸
相約在光與影裡戰鬥
陣陣燃燒的烽火都化為先梵天咒
重重將愛慾海封印鎖碼
我愛執藏：舊王城遺迹片片落謝
斑剝的青石長滿了鮮綠苔蘚
幽深的小徑依然無人來到
小歇的禽與獸
止不住腳底的濕與滑⋯⋯
若能以數位
演算情與無情的思惟脈波
渾元運物兮
雲與雨應有別
九書生：縱然有神奇的變身符
我今也難負載平衡
午夜夢回原鄉
遍野傳來陣陣鐵甲馬蹄聲
醒來，怎不心驚膽寒

怎奈

總因一股曲張的浪湧風潮

使我慾噴湧

衝天入地後

又墮入最原始顛倒迷惑的

先天業力驅動方程式

染血的飛羽　含淚的落花

四處飄散飛離

我愛執藏：寂靜的晚上

月光與枯葉鋪成的

那條靈渠之道

怎堪野蠻情人

一雙熾熱腳足的踐踏

灼傷

九書生：未來的含苞

呼之又怎麼出

過去如逝去的露

已不聽使喚……

幻化

虛浮

恍恍惚惚

九千五百年的情牽

我愛執藏：餤網舒光

雲霞縹緲

那由他別類物格

切割

永不相連
且看豎軸水車輪的橫切面
剎炫旋嵐
於西北東南

迴脫：秋海棠的象形蟲

「蟲妖──象形蟲
　愛吃葉子不愛唱歌　物化
　質變　在季冬行秋令
　白靈　蚤降介蟲為妖
　吞食所有一切松柏桑葉皆盡……」

眾藝：慾之海
　　開曼陀羅花
　　人面蜘蛛在兩樹之間佈下網罟
　　捕蟬與蝶
　　卻被一陣十三級風
　　颳起一根青竹杖
　　割裂

化身的龍
有雙水濛濛的處女之眼
一曲水天鑑湛
舞出雲深霧濃
腳尖如天鵝躍動
兩條長腿透亮明麗光鮮
纖纖玉手遙指光音天
五指指螺利炫一株綠楊柳

物格：鶴在透亮的月光下獨舞
　　　帆在雪白的雲天中漂浮
　　　上方諸神　俯瞰
　　　一座小島
　　　二千三百萬光點在閃爍
　　　迷惑
　　　一記雷電拂過
　　　海中漚顆顆幻彩
　　　不滲漏

有隻象形蟲
不愛唱歌愛吃鮮嫩的葉子
每到午夜時分
當鐘聲響起十二響
她就會從夢裡
爬到一株老樹幹上
啃食那最後幾片泛黃的葉子
吸吮那幾滴
初秋稀少染塵的白露

物格：大河
　　　洶湧澎湃的浪濤
　　　波波追趕　欲留
　　　黃昏剎那的晚紅
　　　湖央
　　　魚兒被北斗七星

灑下的有情釣竿
絆纏

有隻雪域的白狐
叼著一根煙斗
噴出濛濛濃濃的霧
手拿一只酒瓶踩著醉八仙的腳步
微笑地在四處
搜尋躲在葉子背面的蟲
一口吞食

眾藝：遊子在客鄉的夜窗下點燈
　　　累了　愛睏
　　　卻在夢裡熄滅了五方燈火
　　　有情人別離了故鄉的愛人
　　　思念　不眠
　　　卻在幻覺中守候兒時的夢境
　　　不肯離去

在一個夜色迷濛
星光淡又稀的夜晚
雪域白狐遇見了那隻美麗的象形蟲
美麗的象形蟲正在啃食
那最後幾片微枯的葉子
雪域白狐送給了她一只
裝滿鮮嫩翠綠葉子的木盒

象形蟲從此在每個夜晚
就會打開盒子吃一葉
每當她吃完一片葉子
就會做一個夢——
夢裡，追尋一抹煙霧
來到那只生發源頭的魔幻煙斗
霎時就會被那酒香四溢
濃濃的醺氣所困住
盡情地歡愉……
任那雪域白狐竊取她的靈
在這裡她有吃不盡的葉子
在這裡她有用不完的情感
雪域白狐侵入e靈的深處
偷竊她往昔過去的記憶體
這時，象形蟲
被一條偌大的河川吸引
頓時躍入河中
追捕一隻神密美麗卻不認識
不知名的大魚
在刹那間幾乎捉住的同時
一陣碰觸
即由夢裡驚醒……

白狐：春風
　　愛細數遍野小花編織的色紋
　　滴滴清露

彰化學

愛戀溪畔小草鋪成的毛氈苔
老神木託落葉
傳送神秘的音符
悄悄染指旅人的心靈地圖

蟲象：在在處處
銀河涯岸絕白的小花
朵朵化不開濃濃的霧
青山白雲裡人　顧
愛那湛藍的海　鑑
有鶴風中起舞　咦
時輪　巨大的足
踏破夢裡的乾坤

象形蟲：〇〇〇〇〇〇〇零
從靈空出走
自夢境登入
在分不出花與霧的黃昏
追尋眞如實相的種子
無　從色界裡現相
從欲界的緣會留白
是誰以性空寶刀
割裂段段的情塵往事
是誰以金剛王寶劍
分離性地染淨的基因

白狐又送給象形蟲一只小木盒
盒裡躺著一把神秘之鑰

引她千里追踪　尋覓
那莫名無知本就不存在的虛擬寶藏
在一種類似熱情的妄想
在那束偽裝發亮的光劍
在那支以象牙雕成的白色煙斗
在煙與酒的二弦彈撥
以江湖賣藝
以遊唱詩人
以一時陰柔溫婉的綿綿絮語
以一時十面埋伏的拂曉出擊
搏殺
剎那將一切黑與白的光影
滲入彩色斑斕的景幕
在每個夜晚的夢裡
在每個午夜的時分
風與光在虛空裡相應
產生烈火燃燒搖滾的水珠
順著金剛時輪的鐘擺
滴落
燙傷她的唇舌

白狐：去年九月九
　　　月宮乳海捧住一顆閃耀的火珠
　　　今年　驚蟄
　　　我將整座冬季的寒冰採買
　　　雪白的盛宴　在

彰化學

火紅的爐上浪漫飛舞

蟲象：2004.02.04時序立春

黃河依然冰封九百里

幻海中有座沙雕的島嶼

千萬年來風化的紋岩涯岸

刻劃　代代

浴火鳳凰淬煉的消息

象形蟲：遊戲園林的園丁已不在

那畔的仙桃果依然生長成熟

黃金淚斑竹

綠得更翠綠

黃得更玄黃

昨夜的一輪月色

被今朝一片離枝的葉子

悄悄

拓印

收藏

蟲妖──象形蟲

愛吃葉子不愛唱歌　物化

質變　在季冬行秋令

白露　蚤降介蟲為妖

吞食所有一切松柏桑葉皆盡

詭異的倒數計時

在未知的領域

在文明的禁地

蟲妖設下最原始的自我毀滅方程式
白狐扮演愛神
張開溫暖的雙臂擁抱戀人
在清秋的微寒
在無垠的夢裡
化成一隻脫殼的蟬
吸吮那夜天行露
滴落春滿華枝上的露珠
她總想自己是一隻聰明的魚
在那扭曲不規則的水道滑游
殊不知　在魔幻奇彩的調色盤裡
色蘊區宇寄居著
一隻超壞的精靈
一場沒有指向性
模糊不清不透明的愛戀
卻在一間真實不虛的房間真境裡
演出一幕幕夢幻虛擬的故事
錯置基因的謎團
一群愛吃葉子不愛唱歌的
不知名小蟲
茫茫爬行蟲天外
追逐蟲妖遍野橫行亂竄
在秋分的落日時分
將所有赤裸裸的桑葉全都吞食盡除
…⊙…

白狐：黑暗天

　　　以水墨捕捉空明的影像

　　　網海虛擬的世界飄來一封

　　　充滿思念

　　　陌生女孩的情書

　　　你

　　　我

　　　他

　　　三個玩家共同邀約登入

　　　八次元的空間裡遊戲

象形蟲：鏡裡魔軍　愛鬧清明的夜氣

　　　路上行人　天之涯記憶留痕

　　　黃昏——

　　　宇宙瞬息萬變的大法輪

　　　被浮雕落日的

　　　那扇窗裡人窺見

　　　吔！

蟲象：掌握

　　　仰望浮想

　　　古琴絃　聲聲化成龍舞空

　　　低頭沈思

　　　原生花園最後的一片枯葉

　　　捲走冷冽刺骨的北風

　　　少年雙手緊緊握住一隻小手

　　　上方的手緩緩鬆開

　　　小手依然密密貼合下方的手

小手悄悄地抽離
下方的手濕潤成渠流
雙手不知不覺又緊緊和合
掌握
滿滿盈盈豐富的情……

蟲象——
手拿橄欖枝的少女蟲象形
（來自光陰天的透明仙子）
不愛吃葉子愛唱歌
虛無　無傷
罔象可化爲水中神龍
召喚萬千蟲人歡舞後
將妖與狐一口吞食　食人爲糧

夜的火把不是狐的護身符
少女蟲象　以類似的貂尾
釣出狐狸的尾巴
在性空眞水　性水眞空裡
虛無的罔象化身爲龍
保護少女不被白狐與蟲妖沾染
蟲妖與白狐
挾龍捲風與暴風雨突襲而至
虛無的罔象頓時化身爲龍
一時水煙飛天
一群不吃葉子愛唱歌的蟲人

成千上萬地
相互爭向前載歌載舞地
爬入一條九曲向上無盡延伸的階梯
瞬間將蟲妖與白狐吞沒
消隕於漫無邊際的水天……

白狐：古蓮池
　　蛻變　爲
　　月光井
　　供應井底之蛙看星星
　　峽谷
　　千丈銀練截斷白雲的出路
象形蟲：華麗的魅
　　萼　宿願
　　位在花的外廓扶紅鬚千蕊
　　雙眸的冷
　　有色界召喚火的業之力
　　將一樹潔白的寒梅全摘去
蟲象：山　微雨
　　遮不住戀人熱情的思念
　　海　叫寒的旅人
　　拉緊浪花鋪成的被單
　　鬱鬱蒼茫
　　有條孤獨寂寞的長廊
　　銀河圍籬外
　　有座亙古神秘的狩獵場

指螺的末梢神經
輕輕觸入柔柔的靈山之巔
我曾在一葉卷裡
追尋那八萬四千法門
汗血寶馬的飛蹄
化成五爪金鷹的銀翼
極地的冰河
勾勒化外返魂的芙蓉冰冠
有情世界
一再付出多餘的隨染性靈
無邊業力
從最初一念不覺中滋生孕育
是比鄰即非天涯
好夢從愛的窗口下載
是依他即非我執
點點滴滴應無所住

龍化身的少女蟲象
有天　出現在雪域白狐的夢裡
雪域白狐所吞食的象形蟲的靈
以及e靈深處的記憶體
以一股超強的力量
發射千萬片的葉子襲擊化身的龍
但化身的龍只愛唱歌不愛吃葉子
北方妖狐搧動江河的水
攪拌成陣陣黑色的漩渦

襲捲化身的龍
化身的龍從懷中
拿出一顆定水清珠投入大河
剎時　大河一片風平浪靜
化身的龍再以手中的柳枝
拂去漫天的烏雲
水中須臾呈現一池澄潭明月
這時一陣光波引起漫天的水霧
輕輕柔柔地困住北方妖狐
禁閉　封印——

蟲象：繩橋纏繞糾葛繫縛一絡索
　　　老神醫用紫藤編圍籬
　　　百鳥銜花來
　　　一籮筐紅
　　　一籮筐白
　　　大地升起銀色的神盾
　　　摺疊金色的火燄

蟲妖與白狐試圖打開——
那堵超乎想像的神秘之門
欲如流星般
以極速從南方飛回北方
卻被一陣來自天外天的
光音天的光與音
盡皆消隕　蕩然無存

落處：餌的誘捕

「餌的誘捕
　甜蜜的微笑藏在剎那驚奇的一瞬間
　我已吻了你，你云何還不醒……」

在深夜裡
我曾經跟你說過一個小秘密
細雨敲打在冷冷的小格窗時
窗裡人輕搖一條沒有底的長裙
抖動一件沒有領的蝶衣
窗外人的汗水與雨水
猶如漚珠伴孤浪
任由狂風搖滾
原本就是一場吻你也不醒的夢
任由纖纖玉指
挑動那張恍惚不安住的五絃琴

十七歲的美少年
有天在一扇井字形的夢幻之窗
被星夜銀弓所彈出的那一支
無形的神秘之箭射中
剎時　有種愛的疼與痛……
是誰在神奇細胞核裡的DNA
植入情的酸與甜底感覺

是誰在神奇的基因圖譜裡
編入迷離的誘捕
十七歲的美少年在返鄉的港口湊泊
遇到了一位神秘的美少女
款款走過來爲伊占卜
在一處迷霧般的朦朧嬝嬝
在一襲白紗屏風的背後
密室布滿了先梵天的咒符
配合靡靡的泛情樂音
神秘的美少女
緊緊扣住少年的右手食指
看了看指上螺旋的紋路
爲少年講了一則
有關裁縫師如何織蝶衣的故事
……

天外天　陣陣響雷
回顧
猶如小丑愛跳花鼓旋舞
逗弄
大地今夜初生的嬰兒
窗內裡啼聲不掩僞
返鄉　直心不屈曲
海鷗破曉飛於茫茫的水之湄
戀愛的蝶穿梭朵朵的紅花間
少年扮採買
日日下山採購煩惱一籃又一籃

眾藝童子是戲劇之神
手擎一炬火把
將少年所有一切的夢境
收入一面古銅鏡——

＊

在搖曳的燭光下
一位裁縫師正爲少女量身
在昏黃的燈光底
裁縫師來到堆滿廢棄櫥窗的舊荒園
拾起一個個孤獨躺在
一格格舊櫥窗內的布娃娃
布偶們已等待很久很久了
都無人來看顧她們
也沒有小孩來同她們玩耍
裁縫師拿起剪刀開始裁剪
邊縫邊唸，安慰著布娃娃：
「一身多主多紛亂
　魅裡來　魔裡去
　都是虛擬的夢幻
　如今我將妳們同織成一件
　共中共的蝶衣……」

＊

亙古的一條大河
被冰封在一座活火山的底層
一艘迷津的船筏
誤入魔幻的海域
業
在生生世世尋找新的宿主

神秘的美少女
緊緊扣住少年的右手食指
突然對少年說：
「啊！看你抽到一支上上的籤詩……」

❋

雲頂的冰珠
驚爆雷雨群
黑色黑光的胎藏界
孕育神奇原生本命的基因
去年秋收的稻禾
已編織成穀倉
門口有雙神秘的大腳
悄悄踩住離合器
適時地釋放──
施與受的秘密

裁縫師與眾多布娃娃所織的

那件蝶衣在火線裡交鋒
朵朵落花在算數流水過去
所負她的情債
帳本裡點點滴滴
都是 e 對她痛苦的折磨……
溫柔的救度
卻徧尋不著那殼般防禦的靈鑰
在熱浪38℃裡的一帖清涼劑
香甜的甘露水從 e 的指尖滲漏
流浪的裁縫師　與
新樹一幟的蝶衣獨舞者
在玩一場沒有秘訣的遊戲

……是不可思議的過去
……是無法夢想的未來
蝶衣也需要裁縫師的關懷與疼愛
裁縫師攤開四張白紙
作畫給蝶衣看──
一張畫，放走滿目青山
一張畫，有攝線頭捏住一隻愛亂竄的風怪
一張畫，有一座叨叨不停愛插嘴的紙風車
一張畫，畫四位夜航的人
獸心人　人面獸
獸面人　人心獸
在四個拱門裡相遇
大家都恍恍不安然

彰化學

昨日　獸心人打敗了人面獸
今日　人心獸戰勝了獸面人
虛擬的影與響
編織一場斷斷續續的恐怖氣氛
幻覺的漩渦
依舊流動著令人怖畏的畫面……

＊

神秘的美少女
緊緊扣住少年的右手食指
少年憂傷地訴說——
忘不了童年的那一場格鬥
明明是為正義而戰
卻被長輩誤會責難而敗陣下來……
忘不了年少時那一次的衝動
十五歲那一年推開鄰居的門
是為了扮演工匠兒
卻遇到心中愛戀的少女正午睡
大人們闖進來說我不懷好意……
忘不了夢裡常有一道解不開的謎題
分不清是虛擬網域裡的真實
還是夢幻裡無情的寫真遊戲……

月光下
萬年古井有鶴飛出銀籠

星空裡
有艘極速的神舟散播流星的種子
浪峰頂上
裁縫師在為蝶衣授手演繹新遊戲
窗外窗
另位神秘的美少女在翻攪調色盤
彩繪有情人美麗的心地……
少年憂傷地訴說——
我還是分不清
什麼是緣生？
什麼是性空？
什麼是瞬間相擁的那種真實現相？
什麼是夢裡常相思念的那種現象？
少年憂傷地訴說——
我還是忘不了
對藍色那股憂鬱不安住的恐懼……

在藍色的迷宮裡
我常忘了扮演好愛人的角色
只顧著跟自己編織的美夢玩
雖然逼真的景象如排山倒海湧來
人群在周圍的十方咆哮
錯亂的聲色重重疊疊
如一道逆流的藍色漩渦
一則又一則一再蛻變的故事
遮掩了情人們過去的驚恐

毀滅了情人們未來美麗的夢想
如一陣又一陣永不止息的
暴風雨狂襲
再也脫離不了輪迴的宿命
原本活潑蹦跳的心靈
被冰封在藍色的迷宮裡
從此不再追逐外界的聲色而動搖
如是早已過了三千年
看那掌中世界的操盤手
看了也叫人真落淚……
少年憂傷地說。

＊

花紅如火
在北迴歸線上交鋒
大地一場活潑生動的肢體語言
遍布在那位蝶衣舞人身上
所有山色都在描繪春天的故事
所有溪川都在釋放冬日冰封底寒流
蝶衣舞人飛舞著翅膀
有時學鷹漩渡在蔚藍的晴空
有時學鶴獨立于無遮的林間
漫天的花朵從空飄降
蝶衣舞人以飛天之姿
輕輕抖落百花

以蛻變後的霓裳羽衣
拭得一塵不染
山色依然持續描繪春天的故事
冰封底寒流已轉為沁涼清澈的河水
蝶衣舞人猶不捨得那付追風的翅膀
蝶衣舞人還不放棄那襲迎風的羽衣
有一卷軸
從雲的南天門出岫
緊緊追隨在蝶衣舞人的腳趾
將蝶衣舞人步步的舞姿
拓印
在一條長長光與影的大道上

十五的月光　將千山洗成碧綠底琉璃
午后的斜陽　將大海染成澄藍的天心
蝶衣舞人　揚帆
向天邊追趕夕陽
裁縫師對東風說：
「夜來關窗，只因春的夜氣依然寒涼。」
在看不盡的無疆界
在舞不完的幻海
蝶衣舞人
將自我結界在聖潔之光裡
將自我禁閉在第七次元的方程式
將自我封印在第八度空間的
永夜夢海裡

蝶衣舞人隨著自我的激情謳歌
永遠永遠從亘古來舞個不停⋯⋯

＊

神秘的美少女
以柔柔的指尖
輕輕拈起一片金桂葉說：
「那天你拽我的鼻，我拽你的鼻，
　你我同一鼻孔出氣，
　在色與光燃燒的剎那，
　你與我從來沒蹉跎過⋯⋯」

在揚起的帆　升起的幟
蝶衣舞人依然寸絲不掛
赤裸裸在他自我編織的夢海裡
漂泊
冷冷的天穹紅紅的爐焰
狩獵者在瞬間停格
裁縫師在無際的旅途中徘徊
神秘的美少女
以柔柔的指尖
緩緩輕觸少年的鼻
一同相邀心為形役
任由感官出擊
鬥，在九宮格裡競速

悲，在終戰的時分裡
箭，窒息地止在弓的絃上
翼，以音速振動在剎那掠影浮光突襲……
曾經
誓願當個開天闢地的先鋒人
如今卻早已和最初的原夢扞格失眞
忘不了　只因神常爲夢所困
任由顚倒的妄想在色蘊的區宇
到處肆虐——
鷹，在空中盤旋等待獵物
盜，在傳說中的午夜極限時分出擊
魂，在黎明前的黃昏後
竊取炭與墨的彩艷
裁縫師怎能識破——

在一個新月無眠的夜晚
蝶衣舞人從長夢的驛站
不小心滲漏了幾縷的相思情意
附粘在 e 的神
若非一片深心
怎能瞬間存取
切換那張記憶晶片的儲值
若非一片眞意
怎能剎那自動變焦
感光快閃連線納迎
裁縫師與蝶衣舞人

在學小孩玩遊戲
看那陣陣南風相邀薰衣草
戲鬧那隻新生的蝴蝶……

　　　　　＊

神秘的美少女編織的一個夢
霸佔了整座無遮的舞台
只爲了等待樹梢那粒果實脫落
島嶼　　受外圍雲系影響
就在今夜變天
光陰來到厚厚的老牆上
將農民曆一頁一頁地撕去丟棄
天眞的美少女就是愛玩感情的遊戲
在戀愛的季節裡
在夢幻的午後
此時的森森林間
突然出現一片神秘朦朧的霧……
一條大野牛狂奔

少年啊
偶然回頭看看來時路
就可預見未來
山裡遍處充滿了墨綠的符號
因情催眠入夢的少年啊
怎安得了神

看那一朵絕色的玫瑰
綻放在千蟬禮讚的夏季
從來不孤寂
少年啊
云何還在夢的那畔
在虛無的邊境裡漂浮
殊不知「FORMAT」全部清除後
又是一片潔白的空明
可以再輸入全新的生命記憶體
遠方的渡輪在鳴笛
剎時　打開夜航燈——
室內的小舞台
三雙黑色背影長腳逐漸淡出
三把躺在舞台上的大提琴不再歌唱
只是沈默地歇息
三張空無人坐的龍背椅
還留有微溫的氣息
一支挺立沒有人理睬的譜架
在孤芳自賞寂寂地嘀嘀咕咕
忽然，漆黑的台下座席上
少年狐疑地問：
今夜，那位傲然一時的指揮家
不正要演出一齣「慾的剪影」嗎？
不是要探索因情出軌的執愛秘密嗎？
人到哪兒去了！
所有的人都到哪兒去了！

＊

神秘的美少女
一封未寄出的情書
躺在夢之舟
隨幻海漂流
少年揮別故鄉時
廣大靈感的大地每一粒沙子
都在宣說無上神咒
甚深的祝福

有夢在二〇〇五年
七月十四日的子夜
夢裡映出天體奇景
蒼穹現象美麗神秘
奇幻的雙星伴圓月
在等待剎那一時的相溶
⋯⋯
一時剎那的融合
併合成一輪超炫的大日光芒
炫麗得令人屏息
剎那一時又分離
分離歸於淡然
只留下一時剎那的天空奇景
在夢裡由我獨享

在吻別與離合之際
那光芒燦爛神秘驚奇不可思議

少年返鄉後沒事做
睡著了在夢裡又出遊……

湊泊：紅色懺悔──茉莉燄口

「任妳割截
　從來不生瞋恨
　任那亂舞的愛之刀揮入無情的夢境
　因爲妳　所以我燃燒自己……」
　　　　　　　　　　　──仁王

茉莉燄口──
怎會有這種事情發生
一位墮落的天使被封印在恐懼的畫面裡
一部妄想的列車駛入虛無的縫隙中
沈默的舞台在悄悄地轉幕
風暴挾著燃燒的雷電閃擊
這場戰火
從亙古延伸至今一直到未來……
始終在相互尋找從未被驚醒的
決勝點

遊輪靠港下錨避風雨
六條纜繩繫船身
一陣狂風吹斷繩索
漂流木從遠方趕來衝撞
暴風半徑二百八十公里

瞬間陣風十七級
沿東海岸山脈秀姑巒溪
打轉不登陸
在人定勝天的大歇石處
以360°旋繞七匝七個小時後
又歸回原始次序
就位轉身向北行
雨　不知往哪兒飄
風　不知從哪裡來
二○○五年七月十七日
驚魂的颱風夜
幾隻小蟲從樹上掉落
恰巧
在那片落葉上借宿一宿
是誰在暗夜中拉近鏡頭　捕捉
恐怖黑幕裡遠方的孤獨燈火
一朵小白花劃出一道湛藍神秘的光譜──

歲月總是悄悄
將剎那一時驚悸的記憶打包
封裝後
存藏於那幅夢裡的光陰卷軸
啄木鳥在老樹幹的身軀
雕啄洞中洞　築構樓中樓
大風吹過
枝葉移影剎炫

貓頭鷹竟被倒轉的月光所騙
一陣狂風捲雲雨過後
在大潮的午夜時分
悄悄出海遠行
摯愛的人以三千個夜晚
繪製一幅神奇的勝境圖
一枚古錢幣
不再計算小數點以下現代版的新匯率
大河正等待新的月色降臨
以孕育水之鄉的神奇新生命

任妳割截
從來不生瞋恨
任那亂舞的愛之刃
揮入無情的夢境
因為妳　所以我燃燒自己
在那一陣雨前
椽簷的燕子滿天飛舞
在那一陣雨後
遍地都是散落的花朵
蛇后　慈悲救度的背後
充滿數不盡辛酸浪漫的故事
皆因過去劫的妳
終日以淚水灌溉玫瑰的種子
在夢的那個未來式裡
有隻神奇的獸

藏在一朵魔幻的花蕊中
製造恐怖的氛圍
在夢裡——
妳變成一條被燃燒的紅蛇
遇難受困於水深火熱中
仁王的心如刀割
看那陣陣挪移的光
演出幕幕驚悚輪迴的夢……

玄冥的永夜裡
不知是哪位情人
駕御一道紫電青霜
來到妳的部落格
純真的愛
乃是滅罪懺王的最原始元素
罪花飛
誰能裂解宿命的密因
透析無邊業力的咒心
后升天
金剛界的諸神就座看戲
怎麼會這樣
怎麼會那樣
還在吵鬧箇不休
飛天神禽與遁地魔獸
在景與幕之間忽而乍現
忽而消隕

在從未封印的胎殼裡
孕育一枚早已被結界的胚卵
是誰在抽絲剝繭
密織成一種新生命的悸動符號
在奧密的胎藏界裡
有超神勇的小金剛精靈
藉著偶然的電光石火在狩獵
出生於山與海的小孩
自幼練就一雙好眼力
少年在夜裡玩迴旋鏢
有道無形的氣
裂破虛空

看那四月四日天飛雪
合歡山上驟雨挾冰雹
斑馬在井之型的路口亂竄
豹在天橋上狩獵
游移的藍寶石忘了巡舊的念頭
找不到路回家
太古擾擾
滄溟咨咨
合那怪怪的味口
不知
一葉殘春
將往哪兒泊宿

＊

縱橫宇宙的那顆慧星
到處撒下新的生命之種
也是太陽系裡生之奧密的最原始元素
在每個等待的等待中
颱風前的下沈氣流使高溫升到37.5℃
秘密花園裡有111種花草的薰香
初秋的黃昏大地
充滿明亮淡金的色澤
嬌麗傾國的美少女
在夢幻的華美宮殿
蜷縮成一團睡著了
夢中本欲再邀他去冒險
卻不小心蛻變
成一條被燃燒的紅蛇
遇難受困於水深火熱中
通身鮮紅地
被一群狩獵的獵人
圍剿在熾烈燃燒的沼澤……
仁王的心如刀割
四根石柱豎起一座亭台
數條金色紫籐編織四面墻籬
日落的夕陽
在黃昏從遙遠的西方
淨灑幾許餘暉

眞愛的王　趺坐
尋思凝神——
在爲過去的伊
肆意縱容過度而疼惜
超額的情縱使刷爆了
也不懂得止付
正深深深地懺悔滅罪……
衝浪少年追隨星夜銀帆
衝破澄澄的月光之海
化外天光逼得他睜不開眼
指北針在水晶羅盤上搖擺
受一種神秘磁力的吸引
被渾沌蠟封
在乾坤的眞空世界裡
蒙上一層層不透明的霧
遮那朦朧不清的視覺
一時，原鄉的實相世界被驅離
逐漸漂浮到
遙遠的他方……

雲層又深又厚
風場超高密度
氣流亂竄　對流旺盛
眞愛的情上飆四萬三千呎
攪亂秋的迷茫
記憶存取的倉廩

忘了又生發
誰能在虛擬的夢幻世界
找到眞正的自己
嬌麗傾國的美少女
所化成的那條被燃燒的紅蛇
遇難受困於水深火熱中
依然通身鮮紅
被一群狩獵的獵人
圍剿在熾烈燃燒的沼澤……

冰稜做的矛，穿過火焰煉的盾
光的箭矢，射中水天的央之核
冥想　誤觸
王夢的神通遊戲
愛的情鉤　釣走
初發心的后所許下的諾言
熱情的火譜出青澀的戀
熾烈的性燃起漫天焰火
我是他的主人
他是你的主人
你是我的主人
夢中的王
在狂野地奔走
驚叫的是喧鬧吵雜的路邊人民
趺坐的禪修者
遇到夢之魂的狩獵客

施夢人走過來
販賣一帖青春少女的處方箋
柳綠花紅的春之大河
目前已無法揹妳過河
鶯啼燕語的熱鬧區間
身畔今無所聞又怎能尋聲
一輪紅日鑲印在水天之間
再美麗的伺服器
也更換不了新的夢幻程序
如今
已掌握不了妳漂泊的目的地

嬌麗傾國的美少女
所化成的那條被燃燒的紅蛇
遇難受困於水深火熱中
依然通身鮮紅
被一群狩獵的獵人
圍剿在熾烈燃燒的沼澤……
慾
原是來自一種無明的惑因
從過去偏見所產生的一切魔孽
自往昔傲慢所引發的所有竊劫
使她永遠吃不飽也睡不飽
睏了就蛻變
累了就作夢
縱使吞食天地

也依然還是充滿陣陣飢餓的感覺
至愛的情人　仁王
正在無垠的黑夜裡　展開
一場神秘浪漫的大懺悔祭典……
紫電青霜舞動一縷縷
無數的淺藍光之刃
正在追殺那條通身鮮血的紅蛇……

神秘的古殿
天圓的頂端
遍布刹海星象圖
一只沙漏
粒粒纖細如微塵的沙子
是推動宇宙金剛時輪的運轉手
從來也不嫌遲的愛
智的弓已射出慧的箭
一場救度
昨夜戀人的滅罪懺王
正在今夜妳的夢海出現
邀妳依約前來
不讓疇昔的形與神
又再一次地
自去年今日的桃花樹下　錯過

　　　　＊

彰化學

紅色懺悔──
江與湖雙核心聯手
運算如何降伏其心
卻怎麼也算不出
王的后
會在今夜的夢海喋血……

枝枝銀弓步步進逼
通身鮮血的紅蛇
受困在想蘊區宇的后
如何解開夢魘的結界
至今也還是個謎
原本一片輝煌的有情天
如今卻早已失去了所有的恩澤
在漫長等待中等待……再等待
在顫慄與恐懼的無垠幽黑之夕
在永夜天不明的劫海裡
如何救度
夢，使未來的景象
提早來到今夜幻覺妄想裡
發酵……

有老漁翁愛在深夜裡
獨自垂釣一種夢幻朦朧底月光
青春少女　在
形與象

和
心與神
的烽火下
拾起
一盞支離破碎的種子燈焰
與遍布霞海的晚天
相互爭紅

一只傾斜的天平
秤不了一曲過去早已遺忘的旋律
是何種酵素
疏遠了
你我心靈最近觸控的焦距
自從被你那把有情的青鋒劍劃過
我的心靈深處又多了一道傷口
楓紅的落葉
藉西風學蝴蝶翻飛
有形的象
駕御一枝無形的搖桿
左右往返移動
豹有時蹲下　有時跳躍
總是為了攻擊
苔蘚在古牆
持續堆積光陰的紋路
少年突然不小心手指滑落
觸按鍵盤

瞬間又回到遊戲最初
原始的主畫面

倘若——
不是過去與未來的對比
少女怎能逐漸脫離對宿命軌道的
輪迴流連
有駭客展開神秘的數位基因攻擊
有豹蹲守在過去記憶的缺口
有櫥窗的人偶英雄在學賣藝人耍雜技
有傀儡劇場的布偶在作假
原來是有人在裡頭抽線牽引
不說話　不流淚
每個洋娃娃都忘不了自己的小主人
貓頭鷹是世間主的守護神
一朵小白花劃出一道湛藍神秘的光譜——
澄藍底夢海
出現一弧奇特殊勝的光
秋天的落葉
如沙灘招潮蟹四處橫行
少女隱藏內心深處的青春序曲
即將現蹤
殊不知　汝之所欲盡在我心

e 在夢的雲端
輕輕闔上雙眼

夢時關閉千嬌百媚的視覺
ｅ在心靈的躍動處
返聽深淵裡一處洄流
夢時聞不到嘔啞嘲哳的境外世界
ｅ在夢的另個次元裡
看到一張背光的臉
浮現在屋頂上一輪月光的鏡面
ｅ醒來
獨自在老木櫃裡尋找
翻閱堆積如山過往的舊照片
是那麼一段淒美的往事記憶
是那麼一股永遠也償還不了的債
是那麼一位永遠辜負了她的情人
是那麼一種透不過氣來窒息的愛
封閉了知覺感官的六種區域
是那麼一份深深牽掛的情
縱然打開今日百寶箱裡
所有的一切也彌補不了……
而今
ｅ怎能捏塑一尊泥人
夜夜撞擊ｅ的心之核
重新設定ｅ的喜怒哀樂愛惡慾
隨那新的七種符號頻譜
陪ｅ再一次地
在電光影響交織的迴路裡冒險……
這一局的勝與負

賭盤的預測應該會神準
這一回的愛與情
在那如蟬翼蝶羽般
輕盈的天平上應該會水平衡……

一朵小白花劃出一道湛藍神秘的光譜——
緘默的黑　沈靜的白
藍色的鄉愁
獨自咀嚼原鄉靈的迴路
紅色的愛在界外高飛
吞噬所有一切的有色界
真愛的情人
以懺字訣倒轉乾坤
重新輸入過往過往……再過往
最初原始的美麗記憶
從少女的眉心中
驅散那一幕幕恐怖的夢魘
還原最初生發的美麗勝境
清秋的鐘聲
又在今夜響起
內裡靈山的那座古王宮殿
有位美少女在靈峰之巔
怎敵得過各方疆域的霸主爭奪

工藝神匠在建構新的
心之堡壘

這裡原本就是我們的故鄉
云何今被強迫侵略
幻海遐想
地靈火燄
夜之玄冥
有艘慈航寫著渡字訣
漂泊入色蘊區宇的封印網路
所有的駭客與玩家都被封印
禁止登出
空中一陣玲瓏素潔的濃郁香氣
從古印度一座不知名的山峰
飄來一朵絕色的茉莉花
從初夏到晚秋
跨越十二個節氣……

在薰薰南風的夜空下
一朵小白花劃出一道湛藍神秘的光譜——
是舊時代新的古老遊戲介面卡
在創造一種不可思議力的元素
翼形龍叱咤於風雲之間
仁王與焦面人
在一處幽冥的絕域　薰念
苦思
如何救度蒼生的一切苦厄……
奉獻者安住在岸上的另一端
禮讚者總是

于最初揭開天幕的刹那之際……

妄想之域

太陽陣列

閃焰追踪

心魔的撞擊

使所有駭客與玩家都偏離了軌道

是誰用三億三千三百萬資糧

換來一道艷麗的星光

白色幻想

飛駛過幽冥列車的窗口　掠過

一幕幕不可暫留不可帶走的逝去景象

是誰在肆意地製造星爆

用來換得一帖克暴躁的藥劑

舞　動容只在一刹那

如過河的卒子

既已向前走就不能再回頭……

一朵小白花劃出一道湛藍神秘的光譜——

嬌麗傾國的美少女

所化成的那條被燃燒的紅蛇

緩緩脫離水深火熱中

一群狩獵的獵人漸漸遠離

熾烈燃燒的沼澤

逐漸轉爲

澄澈透明的清涼池水

渡字訣

一朵絕色的的茉莉花
從古印度一座不知名的山峰
飄來
敲碎了夢的紋路
敲碎了白色幻想飛駛的幽冥列車
千年寒潭
浮出一輪新月　漂漂浮浮
引發水天鑑湛
澄澄的江與湖
剎時
世界從夢幻之都還原
新的心之堡壘築構終於成就
方知
啊！這裡原本就是我的故鄉……

＊

嬌麗傾國的美少女
終於從顛倒的夢想醒來
夢裡那朵絕色的茉莉花
化作一把吹毛劍
揮向無垠的空濛
消隕了一隻隻有影無形
巨大無邊的大怪獸
瞬間
夜天有鶴飛出銀籠

彰化學

滿山飛花如雨
……繽紛飄落

【夢藏e戀】

第一回：雪之戀

天邊飛來一幢彩雲
駐足山寺聽孤磬獨鳴
池塘水央有朵萍蓬，收
放，滿園的芬芳
熱情的火燄燃燒
在第七卷軸的紅色邊緣
愛
在累劫中薰染
在母體的胎藏界孕育
在冥夜夕夢的第八次元空間相戀

好久不見的三月雪
下在今春的合歡山
R.瑞夕比克
S.雪兒
Y.物格
來自不同國度的邀約
三人與一對母女和一位老爺爺共進晚餐
小女孩對媽媽說：
「在夢裡
　　當暖暖的淚水洗過我的眼睛
　　我心裡的疼痛一下子就不見了！」
媽媽對小女孩說：

「我捨不得的是那份厚厚的愛

　　那份深深的緣不知從何而來……」

愛……

別……

離……

老爺爺是退休的老演員

吃過飯

老爺爺帶瑞夕比克、雪兒、物格

來到古舊的攝影棚

倒序講述疇昔歷歷演出的故事

是一部屬於還在進行式的戲中戲

分不清是虛擬的劇情

或是模擬的人生

是在──與今夜同樣月光下的偶遇

老爺爺笑了42遍，哭了53次

所有一切境相

都變得如痴如夢似幻似醉

疊

　疊

　　疊　瀑流　瀑布

叢

　叢

　　叢　遍野的薰衣草

夢幻的紫撼動激情的白

小女孩那雙澄藍的眼神映閃著桃花般
血紅的火之舞⋯⋯

在雪海盡頭
有間被大雪覆蓋的小白屋
一堆早已熄滅沒有溫暖的炭灰
今夜R.S.Y.三人重新生火
點燃虛擬的化城
遍處布滿結界封印的謎題
晚霞變身為紅色的披風包裹落日
三人來到夙昔共同觀想的地方
幾片枯葉隨風飄過漫漫荒蕪的冰原
惹得我倆三方
一陣心酸

在雪之堆裡
瑞夕比克發現一封
存在於八十年前未寄出的卡片
斑駁的卡片裡有一幅冬日雪景圖
皚皚白雪的畫中
隱隱的字跡透著一首歌⋯⋯不要相信風
少年啊
不要相信風　不要相信浪
眼眶含淚　凝固了會斑駁
愛人的眉心湧脈波
情人的指螺在顫抖

幾千迴在夢裡徘徊　幾千迴在夢裡徘徊
……

只有日期沒有署名1925.3.21

雷——
崩雲
直襲大地
電——
接引地的靈火
插入天峰

閃爍

冰雕的走獸
影像浮印在雪壁化為飛禽
枯椿飄落一根白色羽毛
不知誰能秤出伊的重量
過去曾經被遺忘的記憶
卻在今夜
如神蹟般的湧現……

R.S.Y.三人共同對此
展開往事記憶疇昔情塵的追尋
酷寒，將冷冷的北風
凍結在雪之原冰之峰的眞空裡
卻從稀薄的空氣中

滲漏出一絲暖暖的愛之滋味
夜空浮現一座流轉的時輪
瞬間　打開一幕三度空間立體聲歷歷的戲碼
在夢幻的舞台上
重新漂流過景景幕幕的疇昔情塵往事
有書不完的嬌艷美麗……
有說不盡漫長多情的探密……
如同往昔農村搭野台演歌仔戲
戲中的景幕一轉
時空又再一次地輪迴
少女曾經泣淚的明珠
突然化成一條赤色的大河
流過
滿園染血的杜鵑花苑……

一只黑箱竊走所有的顏色
還有白色
掩耳盜鈴的故事搬上銀幕
不管誰在十方擊鼓……
聽說山中的栽松樵翁能預測天氣
工藝神匠出門遠遊
任角角諾諾縱橫天下
聰明伶俐的魅少女
與山姑娘戴上假面玩真實底遊戲
立春后　陰雨綿綿連七天
一間古老的漫畫店

已找不到四郎與眞平大戰哭面人與笑面人

角角諾諾，邊跳邊唱給R.S.Y.三人看
撥開灰燼　早已不見紅燄
我來生炭　你來敲擊寒冰
提壺提壺　提哪一壺來裝冰水
不是叫你到杏花村沽酒去？
叮叮噹噹鏗鏗鏘鏘敲敲打打……
突然，在冰雪的底層發現了一封瓶中信
我來拆　我先看
看看裡許埋藏什麼離奇的故事？
整封信箋寫滿了……我好想你……
紅色的迹痕斑斑
映照著皚皚的白雪地……

少年啊
不要相信風　不要相信浪
眼眶含淚　凝固了會斑駁
愛人的眉心湧脈波
情人的指螺在顫抖

幾千迴在夢裡徘徊　幾千迴在夢裡徘徊

楓的葉紅了

槭的葉染血了
含情的眸子複製想念的因子
魅惑的眼神拋出愛的精靈
數萬劫來呼喚不回　數萬劫來呼喚不回
春天的花開了
夏日的薰衣草香了
夢幻之都有 e 念不滅之魂
夜夜強迫入侵耳門
放送原鄉的歌聲

少年啊不要相信風　少年啊不要相信浪
虛擬的悲憫送走童顏的歡笑
在生命密因的方程式裡
你唯一可以相信的　是
那只永遠指向南的古羅盤

少年啊不要相信風　少年啊不要相信風

第二回：獵人谷的傳說

幽深的高遠處
有座神秘的七彩湖
在今年冬季未冰封前的一則小故事
魅少女敬拜地在湖畔祈願追尋愛

月光掀開幽黑的布幔
間歇的雲浪波波
駛向迢迢銀河的涯岸
上方有雙炯炯有神的明眸
緊盯著魅少女的幻覺區宇
那如夢的窗口

雪兒追蹤 e 夢的足跡
來到
混沌泥團封印無明塵沙的
懸浮之巔
瑞夕比克在原鄉的境外
四處搜尋過客與旅人似曾相識的身影
物格少女踏遍千山
追擊
亙古戀人的記憶碎片
看她纖纖的十玉趾
卻猶繫在 e 夢裡枕間的

妙高峰上

色與聲
是色授魂予在推磨感官的動力引擎
影與響
是我愛執藏在感情區間刮起的大風
魅少女的一雙明眸裡
隻隻怪獸幻形的雲在浮影
虛擬的星子在銀河涯岸呼嘯競奔
魅少女閉上那一雙明眸
自原夢醒覺——
這也並不等於今生今世終極的旅行

角角諾諾高興地
在學栽松樵翁邊種菜邊念口訣：
「在田裡種菜
　朵朵芽苗當處出生
　質的純度百分之百
　在園裡種花
　蕊蕊芳郁不寂默
　眞的比量百分之百
　在山裡植樹
　片片葉落隨處還滅
　善的指數百分之百
　在湖裡養蓮
　顆顆蓮子都能乘願再生

　　美的現相百分之百……」

施夢人釋出無盡的 π
π　想入非想非非想
永遠除不盡……
猛禽身披長毛
野獸頭戴利角
遍野無明草隨處生發
示現所有一切眾生
蒼蒼茫茫最初種業的元素

虛擬的丹頂鶴
宿在雪原的冰天
雲飛駛於九曲迴轉的峽谷上方
古殿碧巖
遍布神秘的符號
天空陣列的星棋出現序位的亂碼
十玄門
門
開
又
關
六相
有
人
出

門
又
入
門

天空的雲霞
幢幢安立於大海中
刹海承露盤裡
洶湧澎湃的浪濤競演水的浪漫
遠方
樂師少年駕著一艘孤帆
只有一輪月光來作伴

諸神從雲空中發出驚嘆！問號？
與逗號，
算　　在數內
施夢人愛玩大幻術的遊戲
欺騙人的迷離惑因　　數不勝數
魅少女愛以自己的肉身
公演一齣皮影戲
卑微的小女孩祈願
人離難　　難離身
一切災殃化為塵……
卻永遠等不到句號✿

夢幻網海

有五爪金鷹的金指螺
在魅少女的夢裡
有隻超美麗的睡覺蟲
在妄想的區宇玩遊戲
春色半謝　秋色半熟
甕裡，有天卻被一盞孤燈悄悄翻閱
魅少女撥開灰燼
裡頭還有發焰的柴頭

角角諾諾來到樹魂碑
落花繽紛都在春天裡吶喊
散發器世間精靈的些許神氣
白的花朵舞浪白
白的蝴蝶翻浪魂
紅的杜鵑迎紅霞
紅的炮竹鞭朝雲
魅少女見到熱愛攝影的行者瑞夕比克
將山河大地裡許多巨人一個個縮小後
拓印在一張張旅行風情的明信片上
東海岸畔　瓊崖海棠間那隻金絲雀
正以熱情的歌聲來吸引美麗的蝴蝶

獵人谷有座七彩湖
在水之湄　魅少女正在祈願敬拜
手中握著一張字迹未乾的小卡片
黃昏天空

忽然出現一道艷麗的彩虹倒掛水天之央
魅驚訝地說：
「難道這就是傳說中的夢幻之虹……
　可預見未來、可與過去情人
　相逢的夢幻之虹！」
一時，虹的心圓
出現了溯溪巡山而來的少年樂師
又見他與竹尊者相伴在四處春遊……
還見竹林中有張永遠織不成的網
網裡，坐著一位罔少女在編織一則
永遠沒有結局的故事……

魅　敬拜
是一種對未來的祈盼、接引……
少女低頭看了看手裡那張
字迹猶未乾的小卡片
上面寫著「不要相信風」……

東方天空出現孔雀翎的羽雲
如雨的玫瑰花瓣飄落西方的涯岸
春色如火
金絲雀踮起一隻腳
在湖邊的枝頭上
顫抖

眾藝童子將夢與醒分成二支線

平行──永遠沒有連接點
寐，有時是傾斜的十字縱橫
有時是向右迴轉再連續向前九彎十八拐
夢，有時在夢中又分二歧路
寐，有時是向左迴轉再連續向上爬坡
夢，有時夢中夢又夢分爲三歧路
寐，有時是向後迴轉再連續向下滑坡
夢，有時還原回到圓形原夢的○迴轉道
等待日出　乍醒的瞬間
眾藝童子將魅少女的兩片眉毛
化成一對蝴蝶的翅膀
隨風扶搖於雲空中

第三回：賭徒的故事

200408……五碗麵的夢
少年樂師　與
三個賭徒一個騙子和一個白癡
甲申初秋處暑的故事
一場遊戲一場夢
少年樂師以虛擬的餌釣取五個賭徒──
色授魂予、我愛執藏
食籮一擔與本識先生
還有一個施夢人
推黃鐘　歌大呂
青春少年俯衝浪峰頂上
悄悄解開天邊霓裳雲衣的鈕扣
爆破的光　從
虛無的寂寞之鄉出走
化成金沙
鋪滿南方的銀色海岸
黃鐘之宮→音之本
樂之所自出
清濁之中
最長聲調之始十二宮之主

施夢人虛擬的咒語：
「S是鴨子

9是野鶴
2是天鵝
3是小鳥單飛
5是貓頭鷹在跳舞」
燎原的營火猶未歇
無數的星子被煙硝吞卻
石雕的蝴蝶竊取夜的披風
蛻變成黑色的蝙蝠
只有島嶼的燈塔是人們的守護神
在夜裡如天上的星辰聚聚落落
至純之聲
莊嚴正大和諧高妙
黃鐘大呂不可從煩奏之舞
以天地之氣合以生風
律得風氣以成聲
風和律調
一顆成熟自然脫落的梅子
撞到我愛執藏的鼻頭
一朵花從蒂飄謝
有餘的香醇
侵犯我愛執藏的聞聲
攪亂了我愛執藏在菩提樹下編織
縫合那則即將消失的古老故事

蕤賓
林鐘

夷則

南呂

無射

應鐘

黃鐘

大呂

太簇

夾鐘

姑洗

仲呂

日

日

日出

艷麗的彩霞煙熏千年的古銅鐘

月

月

月昇

神話中的古殿披著金色的盔甲出現

在　夢的

銀河央

解谷正音律竹十二篇

少年樂師增益第十三篇成〈混沌譜〉

能生天地之風氣

葉間的清露牽掛籬笆外的日出日落

千川水澤裡有朵野百合吸吮月光吞吞吐吐
夢中的魅少女來到少年樂師的窗口
等候
三千年　卻
無門登入……
陽律：黃鐘　太簇　姑洗　蕤賓　夷則　無射　（雄）
陰律：大呂　夾鐘　仲呂　林鐘　南呂　應鐘　（雌）
聽鳳鳴

夜天下著小雨，凝成晨間的露珠
原野的小草頭上都頂著一顆透明的晶鑽
無垠的宇宙顯影現相百分之百
原來就渾然天成
云何本識先生還在獨白
且看──
極密度，超微粒
零的眞空
揮動
光的扇羽
逼使○向中央的核心收縮
直到
淨化成無
十二律竹　配五音聲
宮‧商‧角‧徵‧羽
色授魂予，愛玩弄純潔的魔力
食籮一擔，眼神歛藏溫柔的悲愴

施夢人，愛玩自我禁閉後
再偷偷自我放逐的小把戲
少年樂師，有間出售一夜好眠的量販店
是
天
外
天
守
門
人
的宿願

初秋的東北方
在SHILLA的夜宴上
瑞夕比克、雪兒與物格
親見少年樂師輕唱早已失傳的〈混沌譜〉
編織五個賭徒的夢境──
樂師少年　載著
本識先生
施夢人
色授魂予
食籮一擔
還有我愛執藏
銀色的風帆運駛於曦光的海面
剎時被披覆上一襲金色的衣裳
鏡像之宮的水世界

晨昏的紅，挾著列陣的藍與綠
在陣列的光陰中飛馳
施夢的人
反而落入夢中人的掌心裡
只有色授魂予
還迷惑在施夢人編織的夢裡……
我愛執藏的記憶海裡
突然浮現「魅」的少女
食籮一擔的口裡
卻留下一顆亙古嚼不破的鐵錢餡
樂師輕輕吟唱著
「少年啊
　不要相信風
　不要相信浪……」
一時，本識先生對樂師少年
恍若有著似曾相識的感覺

少年樂師在日出先照的妙峰頂
諦聽
風鳴　鶴唳　鷹啼
在森森覆蔭深深的至陰處
取得竹尊者密藏之律竹
截斷兩節間而吹之
猶如風聲伴海濤
剎時陣陣一起一伏
五位賭徒本欲奪取樂師少年的〈混沌譜〉

少年樂師卻巧妙地贈予五人一曲〈南風歌〉──

第四回：敬拜的少女

常寂光中
沙漏如瀑流狂瀉
圓靈水鏡的錶面
指針隨陀飛輪極速剎炫
整個秋天
山童都在尋找漂泊的水牯牛
整個春天
水牯牛都倚在美麗蝴蝶的懷裡
夢——
如流星劃過，飛逝

去年春分
罔少女同小亞細亞的孤兒在哭泣
今年**驚蟄**　施夢人與上天的子民
在玩一場不知所云的遊戲
有或然率就有無限的可能
樓蘭山的老神木群
發出寂寂大音
撼動原生的馬告雨林
將一把熱情的火燄
收藏在冷冷底冰心玉壺

山姑娘　被夢的精靈強植入侵

無垠的宇宙向虛無的核心收縮
荒山劇場竟夜演出無遮的野台戲
無情的幻海浮動幕幕曾被遺忘的故事
伊——
已不在乎是什麼地方什麼年代
累了，又睡著
夢
又
流
浪
無垠
虛無的
夢中

角角諾諾，在遠方歌唱：
巨觀星球
向去底——
埋藏肅殺一切有情的微妙因子
微觀分子
卻來底——
不可思議如恆河沙數的物種
從鄰虛世界登入
介觀鄰虛塵
當下底——
金剛齒輪嚼破一粒包鐵錂餡的餛飩
……

春，山坡遍野的紫花薈香薊
陷入無情鐮刀手掀起的暴風圈
猶如霓虹的彩帶滿空飛舞
盤古　刹那分裂成正與負
合少女視覺感官出現群聚的亂碼
期待下次的重逢

二○○四年九月……魅少女夢入
一道非常有趣的門
夢中呢呢喃喃……
識海的記憶，在夢裡
化成一齣真實底行動藝術
夢裡的月光就像浩瀚星河裡一艘發光的小舟
夢裡的樂師少年說：
「記得我嗎？
　我曾經好幾次到過妳的夢裡拜訪
　在寂靜的落日時分
　我聞到妳從遠方傳來甚深思念的味道
　今夜，我又將到妳的夢裡拜訪……」
吹螺起錨──
樂師少年知道今夜夢裡的魅少女
又將載歌載舞精彩地演出
縱容那任意隨舞台浮動的感官世界
一條藍色的彩帶幻成千幢的海波浪
只因遠古的思念從十面八方湧入

使伊認眞地唱出一則百年滄桑的眞實故事
看那千株桃花在一時競相開放
銀帆片片漸漸貼近靈靈的月光
——靠岸，泊宿於
星海的第9999號碼頭
樂師少年從亙古來就不曾忘記疇昔的邀約：
「在9999年後的今夜
　　妳自太古的小港口走來
　　我從現今的大門走進去……」
大地之心的板塊隨之移動
北風陣陣吹石臼
敬拜的魅少女聲聲叫路寒
看那橋邊一株冰凍的櫻桃樹
鮮嫩艷麗的紅被透明冰晶的白封印
道之路，一片雪茫茫
夢中的我，已尋不著回航的徑路……

深秋的楓與槭
鮮紅的染色素悄悄暈開
盤據魅少女的心房
初春朵朵含露的桃花
在編織老戲碼的新劇情
有情的舞步
載浮　載沈

又是一種新的場景——

一道有趣的門可任意穿越
過去的過去有現在的未來
現在的過去有現在的未來
未來的過去有現在的未來
九次元中
「魅」的少女在夢中夢又夢裡
演戲中戲又戲
在劇中劇又劇裡
又分為幕中幕又幕
魅少女在十度空間裡
淬鍊自己的念力
是為了要在秋分穿越落日
去追尋她永恆摯愛敬拜的伊
諦聽　九次元十度空間神秘的音符
在「不要相信風」的引導下
有一金蟾蜍在補處等待，要在今夜託生……

百花溪邊納風亭畔
有隻美麗的蝴蝶偶遇兒時的毛毛蟲
物格少女對蝴蝶和毛毛蟲說：
「忘了，前生就沒有情與債的負擔
　在這輩子又可以重新開始。」
是施夢人從無始的剎那間
按指　on line
入娑婆疆域的幻網
魅少女就已跌入無明的大惑裡

與樂師少年的首楞嚴王相互淬鍊就已開始

驚蟄　春雷乍響
一道紫色的閃電穿墜九曲
掃瞄拍攝到魅少女內心思念的圖像
有種情之苗的儲存容量
在無窮無盡地擴增蔓延

本識先生揹個包袱叫形山
我愛執藏，愛執藏萬里江山
卻被一片葉無盡卷軸
山姑娘在高聳的峰頂迎眾神
愛的情水波波追浪傾涌入海
守候在地臍的菩提樹根底下
有條泥牛偶爾會翻身⋯⋯
合少女，自從靈山會以來
就使自己愛上自己
「梵」這一字是至靈至神的——遠離群妖
樂師少年試奏〈南風歌〉——氣和
一時，遊戲園林中
出現多彩異種的奇色天華
敬拜的少女以至純至妙契入本眞
歇字訣，不再追擊那方水中的月亮——

第五回：磁北極的合少女

方塊疊疊　都是山的形
一格一格　條條都是大河的影
千江水澤多
送走多情的竹篝者
物格少女忘不了　伊
去年在今夜
天心月圓時許下的那個承諾……

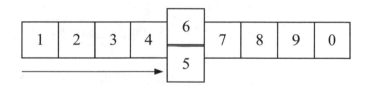

百千轉的大陀螺出大音聲
驚奇地呼喚樂師少年的赤子心
魅少女以十枚指螺輕按秋籟
彈
撥
挑
弄
撫出完美的音符
薰念　夜未央
水與地

靈巧圓潤的音色
厚重莊嚴的旋律
一種曲調奔放於七條絃

有條紅繩子
在魅少女的永夜裡追尋一段良緣
夙締　原書於那片秋分時
隨西風飄送來的紅葉上
相思　繫念　觀想
就可以重新翻閱過去存封的記憶
瑞夕比克的記憶微形晶片
懸浮在想念的旋渦裡
欖仁樹早熟的核果飄送陣陣的香醇味道
屏息　沈默
只因打不開合少女情懷的活塞出口
悄然　寂寥
原是無限春風也化不了亙古來冰封的湖泊
施夢人入侵深眠的魅少女
複製　過去記憶裡
在夢海擅自流動的潛意識
搜尋
那方隱藏在未來夢想裡的愛之竅

花之海浮現春天交響曲的繁複音符
七彩的調色盤
紅橙黃綠藍靛紫

在呢喃
亙古的七絃琴
1・2・3・4・5・6・7
疊影
壓縮
陣陣天雷勾動地火，緣會一時
剎那瞬間
凝凍成兩團圓形冰柱
滯
不明

在魅少女夢中的色蘊區宇裡
有甚多大河中的魚
競相投入一處妙湛湖的疆域
在識蘊區宇的無形空間裡
有道時光的鎖鑰
開啓——
就能將過去與未來的兩端出口接連
狂風吹沙
灰濛濛的大地遍灑魔咒
曠野處　我愛執藏生起陣陣狼煙
雪兒與合少女在跳祭天舞
魅的未來宿命被困在無明的惑因裡
一種混沌的力量超越乾坤兩儀的合璧
唯有　山童
那雙湛寂澄徹空明清淨離垢的眼目

偶爾微張109.5°
方足於養神

靜默的寒夜　無垠的宇宙
眾藝童子推動一只天地引擎
聽那寂寂大音的運轉聲
散落朵朵原鄉的音符
強迫入侵魅少女的耳門
或然率，總是出現在意想不到的不可思議時
魅少女從稻草人身上的那件舊衣裳
拾得——
一封過去歲月裡瑞夕比克典藏的情書
還有一張沒有寄出去的明信片
一部還未發表的小說手稿
一只不曾開封的墨水瓶
方知　原有一對亙古相戀的情人
曾經誓約于生生相會　但
不知云何在今世忘卻

一個地球
一顆玻璃彈珠
石墨曾經邀鑽石在月光下談心
卻從來不導電……
一片湛葉
一座銀河星系
賣唱生與原舞者

經常慣用自然反射神經
感應鬥戲

如今，她轉身還說
不認識就是不認識……
瑞夕比克的思念
如春雨的水煙飛滿天
在那甚深的記憶海裡形成一灣奔流
煞不住的波濤巨浪追風翻滾沸騰
萬頃微波一汪洋
天上一輪明月隨三舟──
瑞夕比克、雪兒與物格
穿越防火牆瞞過梭巡的守門員
從 e 網下載另類的遊戲程式
將原初的基因重組
並植入新的染色體
再塑一把乾坤之鑰
置於環狀的銀河系浮沈
主伴依正　若離合釋
卻被一股莫名的吸引力　互相
掠奪　吞噬……
三人潛入一處不動干戈的地方
親見一位名叫「合」的少女
向北航行三千里外
再徒步三百公里才到達磁北極
親見心中思思念念的少年樂師

已向南航行三千里外

纖雲淡淡彩繪雲空
從銀河的窗口輕輕素描一輪
新出浴的　月
色
滲
入
空
藏身於少年樂師的世界中

少年樂師在夢裡叩應
只因悲憫之心常護念有情人
物格少女醒來回應
只因亙古的思念
戀戀不忘故鄉三月裡百花香香侵草天
不要相信風，不要相信浪……
不要怕鋒面過境雲系滯留
大雨直直落在
樂師少年今夜來探險的偉大航道上

在磁北極的合少女
為了追尋畫裡
有壯麗冰川那張神秘之戀的皚皚白雪卡片
沒有署名，
只有1925.3.21的印記

施夢人放縱罔少女

在格鬥的叢林中任意穿梭

逗弄一群愛好爭鬥的魔與獸

枝作的弓

尖葉如箭繽紛飛落

刹時，罔少女被萬般色彩掃射

中了中了又中了……

罔少女一陣暈眩

恰遇織世網與蘊稠林經過順手挾起

飛越——

那一片濕漙漙污染染的泥彩戰中

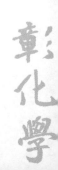

第六回：殼

清澈的水沒有色素
春天的日羽和蝴蝶　共譜
浪漫的艷麗
雪兒幼時在赤子心地栽種的
那顆善因種子今已萌芽
少時愛攀爬的那株瓊崖海棠
依舊佇立在岩壁的頂峰
觀波濤看浪潮

樂師少年從不可思議航道歸來
深遊於剎海甚深境界返回——
我，已不是原來的那個我
有
殼
你住一個
我住一個
他住一個
每個殼都有
一種無形的磁引力
越近　越
相吸
相纏
一種有形的執愛生發排他的力量

越近　越
相斥
相背離
你的殼，還披一件外衣
我的殼，還披一件外衣
他的殼，還披一件外衣

工藝神匠的那把神秘金斧
闢開　色因識變的微密基因
栽松樵翁的干與鏚
化成　見相二分
地水火風
共中還有不共同的空
見聞覺知
不共中還有共同的有
看那春風一拂
百花都紅彤彤
宇宙所有一切無邊無際的萬象
都只儲存在一個虛擬的
殼　現量
　　比量
　　　非量

黃昏，物格少女
悄悄推開悠悠思念的雲窗
夢裡還藏存疏疏離離的秋聲

看那一片葉子悄悄漩復飛空
一抹月光在漆黑的夜裡驚爆
空
契
入
色

驚蟄　另有一記紫電舞春風
小女孩湛露　哭了
顆顆淚珠沿眉睫滑落……
一朵潔白的五花瓣有四花托
黃金的蕊香，藏
一粒微細小小的毬果，是
溫暖的滋潤……顫抖

牛頭　牛頭
從來不探頭
栽松樵翁的山中無歲月
竹尊者對光陰一無所知
金絲雀無心銜花落
水牯牛卻從花瓣的香氣中
得知春夏秋冬細中移足的消息

桃花　開在
太平洋東海岸山脈造福勝境百花溪邊的
納風亭畔
鶴山碧巖的瓊崖海棠

飄落一朵小白花
撞破
浪峰頂上一粒海中漚
界外連夜雨
施夢人施放的夢精靈
今夜遑遑不安住
有群美麗的蝴蝶飛入罔世界裡亂竄
零　零　散　散
顛　顛　倒　倒
過去三重，夢
未來三重，夢
現在三重，夢
加
當下的一念妄想
交織成十重虛擬無盡的化城寶所

同處異見──
五‧見後一不見前四
四‧見後二不見前三
三‧見後三不見前二
二‧見後四不見前一
一‧上下五土悉知悉見
五土連環重重
秋風吹落葉低吟
枯葉蝶凌風飛舞
剎那攝影相互留情

葉落歸根　化爲
護花的身外身
落葉飛空
葉葉湛然寂寂不動搖

美麗的蝴蝶與金絲雀相約來到桃花樹下
加入超炫的幾何圖形舞會
個個戴墨鏡開派對
蝙蝠以巧藝變換一身的風采
貓頭鷹以磁性的聲音亮相
角角諾諾　說
形與影都以情作衡量
沒了距離就失去永恆眞愛的線索
是彼此的情　是親疏的愛
都是別業妄見
看那株株桃花淚下舞紅雨
是種子流轉過後的另類成熟
是感官與現象界的一種共中共鳴
還是——
不染的淨色與浮塵攀纏所生發的
不共中不共的情變

小姊姊湛露，
指著樹梢枯枝疊成鏤空的小方格說：
「那是金絲雀投書的信箱。」
小妹妹結褵問：

「金絲雀眞的會投信來嗎？」
小姊姊湛露答：
「金絲雀銜來哪種樹的葉子，
　金絲雀的爸爸就知道，
　金絲雀今天要去哪棵樹上遊戲！
　金絲雀銜來哪一朵花瓣，
　金絲雀的媽媽就知道，
　金絲雀今天去過哪個秘密花園！」

混溟——竹尊者
在無分無迹無始無終……
美麗的蝴蝶處於原始曚昧狀態
桃花還留在廣大幽深之境
樂師少年學竹尊者也處於混溟之中
淬鍊，神氣不蕩於外
使天地萬物恬漠以愉靜
混沌——栽松樵翁
在世界開闢前元氣未分之時
原本初始是一片模糊
是一團完美的液體物質狀態
如大樹之根混沌相連
視之不見，聽而不聞
株株勁草
始於盤古闢開混沌新造區宇
混融——工藝神匠
將宇宙所有現相都併作一家

動　靜　行　藏
都混融於大道

在氣象萬千的南方
少年樂師契入甚深微密的定中
捕捉那曲〈混沌譜〉
小滿的季節裡
小閣樓只有串串的紫藤花爲伴
有時如夢般一場憔悴
在桃花閣裡的藏經樓
只有一雙冷眼互相換

〈混沌譜〉是無情類的唯一出口
使異類相互交拳
供應有情類的一個著落處
∴三點不縱橫
樂師少年曾聽眾藝童子說：
「〈混沌譜〉如大象隱於無形
　　乃先天之本性，是業因之眞相
　　若能將十二律竹漩澓於解谷正音的本體中
　　再將黃鐘大呂配於宮商角徵羽五音聲
　　以天地的氣合
　　來生風吹那大海涌千波
　　聽鳳鳴裡有雄雌的秘密藏
　　是一切如來樂師所遊歷的眞聲境地
　　一音符具三千種韻

一曲有九天之風氣
〈混沌譜〉若現前，他譜皆伏藏。」
樂師少年回想兒時善走健行
由東極至西極
所經五億十萬九千八百步至今也忘不了
眾藝童子說：
「這原本就是應眾生心
　隨所知量
　隨緣赴感
　循業發現……」
從此，大海之歌如波濤洶湧
南風歌綢繆長夜永唱不完

自在不自在，都由一音聲徧起
才有十方的天鼓雷音
如施夢人愛使夢中人自我創造
色、受、想、行、識五種結界的區宇
如施夢人在夢中人睡眠時
施夢遮覆靈心
使之浮現所有一切夢中事
從此，一曲南風歌
綢繆長夜永唱不完……

第七回：從哪裏來

本識先生與工藝神匠
在一場母體與原鄉的爭論下
是風風火火的
風車輛與紡車輪的相互輾磨

本識先生：輕子　光子　粒子
　　　　無形無色無聲
　　　　卻超對稱
　　　　是宇宙星命最初的標準模式
工藝神匠：是因　是果　是緣
　　　　念思想憶的顆顆種子
　　　　在夢幻之網自動爆破
　　　　震幅擴及宇宙之外的威音天
施夢人脫口說道：
　　　　雪白的李花被春雨摧毀後化為
　　　　零
　　　　參商二星打開光之門後消隱於
　　　　無形
竹尊者對應地答：
　　　　綠色小徑的盡頭有面金鼓
　　　　在風中起舞
　　　　主地神在常寂光中細中移足
　　　　震動的幅度感染了貓頭鷹的情緒

狩獵去
也是一種天地間神秘的召喚

物格少女用一根長竿
撐起一頂燈斗笠搭作一把雲傘
樂師少年將沙漏顛倒放置，欲使光陰逆流
雪兒製造一幅空白的相框，期約諸神現相
瑞夕比克以透明無形的風之刃
切割混沌的時空
眾藝童子以一枝無鉤的釣竿
驅走海底的鯤　在今夜
化成大鵬飛向九天
在二十二億年前伽瑪射線爆發的時候
直到今夜才傳抵地球——
一時，整座宇宙星海都微微震動
連被施夢人施夢的夢中人也有所感
看那威音外大量恆星伴隨著爆炸
崩潰後
形成一個無垠甚深的黑洞孕育超新星
一隻宇宙怪蟲
在十字縱橫的亙古劫海裡移動
三葉星雲內
有似星體的胚胎
原是孵化超新星的母體
看那跳著罔象之舞的罔少女在拉筋
眾藝童子的掌中心

正拍打一眞不立的那點譜
罔少女以腳趾的末梢神經
挑逗最原初未發的月宮乳海

母體・槭
鮮血般的殷紅
錐心般的刺痛
是數不盡的相思
是野蠻拓印的紅葉
是兒時記憶中永遠忘不了的傷痕……
原鄉・鶴
井中有隻千年來安住不動的金蟾蜍
有天夜裡來了一隻千歲銀鶴
將伊載運騰空飛出……
天中天，有位美少年名叫泥洹
一次最原初的純情夢
在鶴井亭變身留影……

風來了
兀立傲岸的椰子樹
尖端綠色的羽毛在空中陶陶招搖
爬山涉水的合少女
渾渾濚迴於銀河玉帶邊
翩翩飛揚一襲蝶衣
罔少女帶著一群現代舞者
在老舊浮雕壁畫的長牆學飛天

突然，畫裡有位仙女刹那自色彩中遁走

風車輛　紡車輪
紡織娘嘎吱嘎吱
紡車輪嘎吱嘎吱
象徵母體與械的紅永牽連
雖然在極度寧靜的夜裡
也聽不到暫歇的休止符
御風的鶴寂寂清嘯
碩大摩天的風車輛寂寂清嘯
在原鄉的曠野流轉生生不息
新新不住地寫下天下蒼生的終極歸屬
盼在今年的春天裡
使盛開的桃花圓滿所有的華枝

小女孩湛露播種，問：
「風這麼大，我的種子會不會飛走啊？」
樂師少年說：
「不要擔心，種子會自己躲起來！」
小女孩湛露問：
「那我會不會找不到我的種子？」
樂師少年說：
「不會啊！是妳的種子就會自己冒出來
　　跟妳碰面⋯⋯」
是夜──
小女孩湛露在夢中看見了她的種子⋯⋯

現在　過去　未來
如來如去　三點密藏
在山童那雙愛變化密移的大足
怎能歇止
若無所從來無所從去
云何流星雨似般若鋒兮金剛燄的光刃
劃破——
魅少女在孤寂的夜
累積的滿腹心酸
有時
還給伊偶然純真的笑容

角角諾諾，邊跳邊唱地舞過來：
還本返源
還
伊
一個自由自在的所緣緣
不
可
思
議
歇後偈，劃下句點。
云何還獨白：
……
……
……

我
你、我
你、我、他
從哪裡來……

【夢藏 e 戀】

第八回：留夜別村──秋霜丹頂亭772房

大地寂寂一方白
一輪明月在天涯
有處秋霜丹頂亭
樂師少年還至本處　洗足

留夜別村
瑞夕比克、雪兒與物格
打開無垠宇宙的星際之門
使大地的浮塵漂泊於太虛
三人與彤弓在塵沙劫前等候
湛露少女在如夢般
與情人相互執手
在剎那間互相淡溶
於那輪永恆憶念的晚紅

樂師少年揮別冰原絕域的雄阿寒嶽
卻抽不離零下負十三度C
樹冰銀幢有熊出沒的印記
有鶴在銀色的雪地跳舞
有帆在流水的海域打鼓

野付半島湖上的冰床
綻放燦爛的深藍

互古冰原被「吩」少年留下的那隻履
穿透
滑雪的罔少女在五天銀燭裡
與白色的狐狸追逐

竹尊者化身為濕原之神丹頂鶴
在霧多布逗弄古卷軸裡那一隻
現身山海經的九尾狐
湛露的心如寒谷冰岩的隙穴
微細隱動的甜蜜情意在密流
樂師少年龜鏡內鑒　雙泯
罔少女在冥想，有道白色白光
滲入無垠巨大漩渦的黑洞攪拌
魅的少女淚濕的霧
迷漾的眼神遍布摩周湖
使所有行船的人在渡口迷津
知床　永恆流淌結褵少女純潔淚珠
的富雷沛瀑布
斷崖絕壁裡有原生密境
神奇的五湖經年孕育壯麗的濕原
蘆葦與苔草彌覆
形成主地神的大傘蓋
川流越位　草叢聚落離軌
封印五千年的達古武沼步道
今已被樂師少年發現
徧布原生的冷杉枯木林環繞深藍的湖

猶如少女物格那雙水天鑑湛的眼神
愛演美麗的神話與情人相戀的傳奇故事
銀色的冰原含藏瓊林的種子
所有冬日的枯核
都會在春天裡返魂

大雪 樂師少年
來到北海之東根室的原生花園
藏身於透涼潔白的銀色世界
少女物格悄悄將自己的腳印
星棋列布地拓印在
澄澄湛湛的紅葉之都
如霧之鄉的雪原上

竹尊者為大家講了一個故事：
　　　羲和 十個太陽之母主日月之神
　　　　住於北海之東海外海
　　　　滾滾水天中有棵老神木名為「扶桑」
　　　　樹高千萬丈
　　　　是太陽之子澡浴之所在
在北緯43.5度
樂師少年邀少女物格
共同編織一則美麗神奇的夢
遠方的竹尊者在俯瞰這個美麗的島嶼
神秘的流星群在耀動
灑下零零落落的光點

盤據在樹峰的貓頭鷹
是夜的守護神

摩周湖　下午3:45
太陽就下山了
混沌止息一片渾淪
冰封的水面鷹找不到魚
恍惚之間罔少女突然甦醒
隔世的情人找不到今生的愛人
隱藏的思念　強迫邀伊入夢境
一年365天夜夜夢相連……夢裡

有人吹橫笛
有人拉長弓
有人敲金鼓
有人彈琵琶
蒼蒼千歲松
鬱鬱老紫藤
茫茫阿寒湖
霧濕的鶴雅別館
秋霜丹頂亭772房
樂師少年以潔白的月光洗足
物格少女以透亮的銀杯盛雪
湛露在生炭使紅爐發燄
結襖將一隻冰鼠轉身化為火鳳凰
一瞬間突破凜凜萬仞結界的冰峰

魅少女邀罔少女
在被銀色結界的摩周湖上跳舞
猶如一朵青蓮花一朵白蓮花
在那五天銀燭剎炫
一時，雲空出現日月星辰相融的景象
剎那一道超藍的電光閃過
過去與未來剎時被當下的現在
區分為二
如夢的身影卻被遺留在
這剎那閃那的時間縫隙
使魅少女與罔少女的夢境
永恆漂泊在
法住法位世間相常住的
不可思議的識蘊區宇

樂師少年帶著一群人
來到網走
位於北緯四十四度的碎冰船
緩緩劃過塊塊的流冰
遠方有座石筏欲渡海
冥冥寂照的湛藍
含虛吐曜
白色白光
白芒芒

屈斜路湖
白色的走廊沁入藍色的冰窟
銀色的無底鉢滿溢潑墨的石青石綠
穿著五色的結褵少女
踩踏一色赤朱的印泥
萬般的情懷契入一種空的靈明
念伊思伊想伊憶伊
總是爲了感應伊
甚深的期待
只盼望伊夜夜入夢來

湛露　以螺旋的指紋
觸入丹霞的戈壁
北海道東　是紫色紫光的發源地
大寒的銀冬，彤弓看到了
一幢幢披覆大披風的黑衣怪客
一個個獨自坐在雪白的公園發呆

是一條神奇的航路
是一處湛深的密境
音的羽翼隨處拍打光的波浪
物格少女悲憫的我情在輕呼低鳴
眞愛化爲滾動的水精靈
跳躍在泛紅的眼眶中……

罔少女獨自驅車開

往　釧路
路──路上
被　主人遺棄的
──遺棄的舊車
車　車　車
淒　淒　淒
殘　殘　殘
疊　疊　疊
成堆堆堆的小山丘
飄降的大雪
層　層　層
重　重　重　覆蓋
幢　幢　幢　空白
虛無的色調　有道
微芒的黃色黃光從寂寥的縫隙滲漏
透出　每部車裡每位做主人的
還遺留未消失的些微氣息
不能忘懷顧念的器世間主
是這每一部憂心焦慮的殼
每部車繫念每個做主人的
今夜不知寄宿在何方
罔少女獨自驅車開──
往……

Hotel Okwea
銀杏的別村

下大雪的東京
滿街飄落的銀杏葉
是湛露最甜美的回憶
街道的每個角落
都有日出與日落
是故人還是異鄉人
都一樣令伊感動

釧路　釧路
點亮夜燈的幣舞橋
猶如銀河涯岸的棋布星空
罔少女與魅少女將自我結界在風箱壁爐
瑞夕比克、雪兒與物格來到泊船的碼頭
港灣的密境是和歌的原鄉
雲駛過天空　綻放數朵雲峰
擾亂了湛露少女的眠覺
結襟少女還沈醉在自己的美夢裡
今問魅的少女如何消影響於幻場

鄂霍次克海冬季初日的流水
譜下片片薄薄凝凍的冰鏡
樂師少年屹立在移動的晶面
注視遠方無窮無盡的地平線
諦聽三人與一群的旅人
以熱情的火燄敲擊酷冷的寒冰
嘎嘎的怒吼扣人心絃

鏗鏘的聲響
打擾了在海底沈睡的一隻大頭鯨

彤弓、湛露與結褵
來到火山湖泊的冰雪之門
也是綠球藻的神秘原鄉
阿寒湖
2003.12.17水曜日
06:00～12:00陽光
12:00～18:00雲海
18:00～20:00降雪
最高氣溫-4℃　最低氣溫-6℃
日出6:48　日入15:49
冬之樹桂綻冰珠
竹尊者預知阿寒湖之域
冬至后　將全面冰封

雪兔在雪地奔跑
積雪的小徑有隻神秘的鹿
在爲我開路
愛奴族的守護神
貓頭鷹在上方眷顧冰天裡踏雪的旅人
有朵白色的蓮花綻放在銀色的世界
有位白衣少女在銀色的阿寒湖
輕移曼舞
我盛一杯白淨無垢的初雪當酒

喝了五天五夜
卻宿醉了三千零三年

鼕　鼕　鼕
鼕　鼕　鼕
山谷響應
天鼓雷音
雲的上方
閃電寂寂打擊
讚歎阿寒湖
是一艘永不沈沒的石筏之舟
冬與夏　幻色與眞空
在九天九夜轉了九千週
樂師少年　與
瑞夕比克、雪兒、物格
彤弓、湛露、結褵
還有竹尊者與罔少女、魅少女等
一同相約三年後在原地重逢

是燈芯草編織的疊席
眾藝童子在上方打坐
想
入非非想　非想非非想
幻覺　抽不離化城寶所
夢
在九次元數春秋

有念滯留於過去與未來的空間狹縫
失落了現在
失落了當下
時間的沙漏在逆流2003 12 14 14 47
銀色的光芒在東京的河渚亂竄
夕陽在富士山的斜角巡弋
將樂師少年與瑞夕比克等一行人
拍照入鏡　恆攝藏存——

第九回：春的郊外古亭邊

天空　雪白的浪濤
被旺盛的西南氣流吞沒
施夢人從天外天移來一片黑雲
橫在夢中人的谷口
今夜　山姑娘將聞不到南風的薰香
本識先生派遣泥牛拉泥車
跟泥偶人闖入大海裡
偷偷運走一籃籃罔少女所養的魚兒
工藝神匠悄悄啓開奇妙的六相
總　別　同　異　成　壞
時輪以鋒利無比的金剛王寶劍的脈衝
指引超極速的動態搜索引擎
契入　黑漆漆的魔界區宇
安寄另類夢中人欲返鄉的別境通路　十玄門

今日的學生　緣
過去的愛徒
驚蟄　從地湧出諸多
上天所賜予的寶物
立秋　都已化成纍纍豐碩的果實
食籮一擔
一擔食籮

罔少女以魅惑的眼神
散播先梵天咒
伴在 e 身邊的織世網與蘊稠林
裝扮成魔與獸
十面埋伏在都會區域的各個角落
施夢人釋放地水火風空見識七大因子
匯入罔少女夢中的胡思洞窟裡翻攪
錯亂了識海經卷的序位
本識先生再以色受想行識
五種元素互相潛入我愛執藏空王的窠臼中
絆纏色授魂予與罔少女的雙腳

雪浪　雲浪　潮浪
紅爐焰上罔少女在敲敲唱唱
陣陣流行與風潮澎湃洶湧
性海　剎海　識海
都被光陰悄悄吞沒
瑞夕比克、雪兒與物格在諦觀
瑞夕比克說水中漚
雪兒說即非眼中屑
物格說是名遊子在夜裡夢遊時
所遺失的幾許能量
罔少女早已按捺不住對返鄉的思念
以殘缺裂破的形成回吐　呈現
霹靂啪啦　一聲一聲又一聲
相續……

施夢人以阻截磁性的正反，化為○與 1
將罔少女與我愛執藏永不忘卻的
記憶體恆常存檔
山姑娘對著窗外大叫：怪物怪物……
沈默的黑夜
原來是有隻貓頭鷹在偷窺

鷹　盤旋於山的峰頂
來到雲門聽山姑娘高歌落葉吟
魚　悠游於水底的天
誤闖橋頭堡而被一道陽光撞著
合少女　露出一張深情的臉
綻放扣人心絃的魅
兩朵深邃的眼眸
演繹生之奧秘的靈魂之歌
釋出撲朔迷離的因子

樂師少年駕御一艘寶樓船
張開帆　追風
如箭　穿梭波濤洶湧的浪峰頂
我愛執藏，別尋他徑
試將夢中的幻場消音滅影……

春的郊外古亭邊
竹樓改造的吧台
夜　紫氣淡烟從八方來

醉客，色授魂予

魅，還有彈吉他的女歌手——

演唱一首遙遠古早前江湖賣唱生的傳奇

魅　聽說

從伊的遊唱事踪裡

可窺探些微少年樂師的來歷

夜　熱情的紅併入神秘的黑

匯成一條無盡混濁的大河

欲的先梵天咒彌覆四處湧出的魔與獸

隨滾滾的暗潮流入無垠的黑洞

看那過去深植的一片紫

恰遇今夜偶現的一片空白

猶如一堵古牆剛新粉刷色彩

魅　一心敬拜

除卻伊，天下人她都不愛

一雙迷離的眼神

因思念而經常釋出朵朵的巫山雲

色授魂予早就放棄了有情人的夢

在春的桃花江畔

開了這家魔與獸互相搏鬥的吧台

醉不成歡

一雙眸子緊盯含著月光的杯底

所浮現魚與鳥的原形字母

醺醺然的別離

一雙漂移的腳

踩著晨曦的新羽

迎向遍野山花扮成的蝴蝶……

第十回：老古厝——有間密室無鎖鑰

一副天平秤不出鷹與蝴蝶的
比量
貓　夜夜化裝綣縮成毛毛蟲
去釣魚
施夢人偷走島嶼燈塔的導航燈
使遠歸的漁夫在暴風雨夜
迷航
角角諾諾
在古農村的老榕樹下
聽那個愛講古的人在說書
數落古早漁村討海人的小故事
天這麼黑，風這麼大……

老古厝　大門開開
我愛執藏不敢跨腳進來
推　敲　推　敲
叫幾聲　不相應
踟躕
聽說內裡有位亙古的小主人
從來不曾出來見過客人

六戶人家環繞
中庭有棵垂髯的老榕樹

八個小孩與瑞夕比克三人
在聽愛講古的說書人栽松樵翁
在講一則過去討海人誤闖偉大航路的故事
有漁夫乘一扁舟入海卻忘了歸來
隨月光指引海潮漂流
有時追濤逐浪任那海波洶湧
有時海晏河清看那水天鑑湛
有時密流翻浪　航道轉窄
成水泄不通
有時晴空無雲　航道轉闊
萬象森羅海印中
一時，平靜的薩婆若海
出現一釣翁駕一艘小小荷花舟
周邊煙淡淡水氤氳
舀水不揚波
身懷赤水珠
大道平靜連綿十萬八千里
輕輕揮竿無餌無釣鉤
卻釣起一隻巨鯤
化成大鵬飛向九霄……
故事聽得已入神
有片雲悄悄駐足大樹的峰頂
樹上的金絲雀從此不再銜花
遊子的書信從此沒人來相送
不通　看那六戶人家外
有間密室無鎖鑰

卻從來沒人敢入門來

老古厝　大門開開
我愛執藏不敢跨腳進來
推　敲　推　敲
叫幾聲　不相應
蹊蹺
聽說內裡有位亙古的小主人
從來不曾出來見過客人

老古厝的舊院裡
桃花　如滿天紅雨飛舞
蝶　幻生幻滅
如來　如去
生生不息
穿梭於如夢的古渡口
色授魂予，以不真實的幻象誘惑
罔少女的眼神

金絲雀不自覺地
闖入空界如畫的一隅
淪落天涯
孤獨的月光，指引
新生的蝴蝶
如何釋放一蕊花香的密意
重新又勾勒出一座美麗莊嚴底

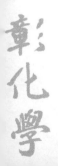

華藏世界

第十一回：入門來

長夜沈沈　夢裡驚魂
繁繁複複的情與想　在
記憶迴路的叢林狂奔亂舞
眼見終極的世界即將毀滅
山姑娘騎上一部寂滅轟雷的機動車
咆哮
片刻熄火沒油了
換一部腳踏車以高速衝下山坡
來到池塘畔
有隻大嘴魚張開大口對伊說
不要慌張　不用驚怕
無有恐怖
這
只是在夢裡的一場遊戲

美麗的山莊
是原住民的舊王城
也是現代人的部落格
山姑娘在等待瑞夕比克三人來做客
夢海裡有⊙乾・坤⊙兩個同心圓分分合合
有幾多的或然率
有幾多的偶然
卻一直都在永恆互相的追尋

使夢想成眞能與眞愛的情人合璧
突然山姑娘一覺從夢中醒來
發覺那隻雪白的水牻牛奔入蘆花叢
大地一片白茫茫不見踪
只因夢裡過度的炫爛
如今已喚不回平淡
江山萬里追尋伊，夜竟不成眠
從入門來
就說不相識
還聲聲道遠來
還說伊看見遠方有一匹脫韁的白牛
被罕見的三月雪化淡伊美麗的身影

有一顆果實
不小心被在玩捉迷藏的小女孩結褵
吞食　瞬間凍結它的軀之殼
封印它的心之核
截斷了千年來風與幡
喋喋不休的爭吵

有一顆種子
將自己深藏於一朵光明蕊香裡
偷看愛鬧的山童在逗弄栽松樵翁
孕育　綻放的桃花
有脫殼的蟬
有蛻變的蝶

吸入晨曦　吐出晚霞
直到霜白的月光剪去秋山萬種的身影
美麗的桃花綻放　一次一次又一次
美麗的桃花綻放　一年一年又一年
同中有異　異中有同
共中不共　不共中共
律動在○與1最初的原始頻率

山姑娘回到門內
凝情望歸裡坐
瑞夕比克、雪兒和物格因 e 妹兒知音而來
看那一道彩虹換來一場虛擬的夢境……
七種顯色的因子
還原為空明的白色白光
複合聚集成不透明
神秘玄冥的黑色黑光
在無垠夜天的大布袋裡
山姑娘的意念充滿移動的浮標
瑞夕比克三人心裡潛伏顆顆美滿幸福的因子
突然，一朵閃亮的北斗星打開銀色的窗口
山姑娘探竿欲釣月
卻不小心闖入
情人與愛人所編織的故事中……

或然率八萬四千分之一
林間

一顆灼紅如朱砂般的絕色桃子
在黃昏　果熟脫落
自在的掉落在山童的手掌中
光陰的蛀蟲躲在時間的縫隙
悄悄啃噬那隻長滿年輪的巨獸

東海水天的邊際
落日曛染一片紅霞
山姑娘與夢中情人
兩朵互古的劫火
在無垠的時光隧道互相追逐燃燒

春天的早晨太陽在行腳
大地暖和和
從冬眠中甦醒的泥土
又再一次得到春風的慰撫
偶而晴空觸覺雲系的鋒面
幽徑的桃花　朵朵
釋出去年斂藏於冬季
冰封的香味浮標
送給愛作夢的山姑娘

離字訣
瑞夕比克三人正當門
抬頭看四方雖然千差的路不同
但在這個山林裡　春早已熟了半分

跨出門　舉目探勘來時路
看那一條水牻牛依然倨傲不馴旁若無人
三人卻看見滿園嫣然的桃花紅
怎也敵不過山姑娘那兩片腮頰的飛起酡紅
山姑娘陪瑞夕比克、雪兒和物格走在門外
來到荒郊曠野
山中一宿覺
三人三種心思依然不相應不相共鳴
留下山姑娘幾縷吹不散的心情……

第十二回：坤的世界罔少女

滄與桑的間色
奔馳在時光的大河
靛與藍　澗水飛白
濺灑一樹的桃花紅
猶未格式化的那對鼻孔
呼　無所應
吸　一片空虛
四條線畫成一張口
個個
零零落落在有情世間複合交錯

樂師少年手持綠竹杖
救出引導不小心墜落幽谷
被禽與獸圍困於甚深處的驚慌少女──
罔少女迷惘的眼神
就彷彿在幽黑的洞裡
看見一張張禿鷹的嘴臉

陰森夢幻「坤」的世界
陰中陰共謀的極樂之都
在坤的世界
所有女體關閉眉心的光
十隻指螺旋轉

十隻指螺緊緊密合相扣
一雙掌心翻閱
一雙掌心倒海飛越雲霄
是第三類憂鬱的接觸
第四種寂寞的窺探

罔少女從自我的CPU裡
追尋　隱藏於不知在那一部伺服器裡的
一隻千變萬化的蟲……△
有片雲　橫在視覺的窗口
擋住靈的回路
有重霧　宿在夢的枕邊
遮那赤子心的回眸
罔少女因謬思
追逐一隻狡滑的妖狐，還有
在一部伺服器裡的一隻千變萬化的蟲……△
誤入了狼群
而又被騙進禿鷹的終極殺陣裡……
一種神秘的祭典
首先是供應一種無限溫柔的妙觸
最後逐漸浸入快意的興奮刺激與衝突
跌進玩家早就預設的幻網
終而不可自拔，也不可登出……
還好有一天在山峰的某一點
被樂師少年觀見
在一個星光微芒的夜裡

樂師少年以不可思議的威神之力借一抹月光
指引……

罔少女被困在陰森森的原始雨林
在幻網裡摺疊過去重重複複的夢與想
卻無法增益未來層層滴漏的思與念
地上遍布濕濕滑滑黏黏的菌藻與苔蘚
藍之燄點燃火紅之核
散發的不是紫檀的香郁
黑如墨　藏污納垢
重
濁　爲地
白如雪　交光相寫
輕
清　爲天
罔少女別哭了，回神吧
雄的是虹　雌的是霓
紅橙黃綠藍靛紫
紫靛藍綠黃橙紅
都是依妳一滴淚光
所運轉的正法輪
樂師少年以不可思議的力量
借一抹月光指引
運算罔少女在幻網的世界中
那不可數盡的恆河沙心念
將罔少女的生之奧秘基因

陣列在一種圖譜裡顯影
一時　照見
還原那一群群裝扮成書生的
妖狐　野狼　禿鷹嗜慾的猙獰眞面目……

樂師少年指引罔少女
在玄夜的夢裡
悄悄啓動超級極速引擎
以雙陀飛輪之翼
遍處搜尋另個夢的出口
罔少女感動地流下一滴淚
化成光之刃　涉入
超級駭客蘊稠林
與神秘玩家織世網所預設的幻網
夢中的罔少女　刹時
透由一抹月光　按指
在一瞬間登出恐怖的網世界

第十三回：吉他少女雪兒

冬季的天空
偶爾出現的朵雲
被收納在冰峰之巔
那只透明的水晶瓶
主夜神在夜裡
悄悄將它化爲一顆光明炫麗的藍寶石
等待春天返魂
送給相戀的情人

就是那麼一次的偶然
來自不同國度的瑞夕比克
體驗自然眞實生命的大露營
一把名師贈送的超級瑞士刀
因而邂逅美麗天眞活潑可愛的
少女吉他手雪兒

原鄉情人深切地咐囑猶在耳畔
那朵紅色的紫薇花
還在高唱落葉堆雪的悲歌
亙古的思念常陷入第七次元空間徘徊
聽說　火山是大地的肚臍
　　　銀河是上天的奶水
泛紅的天空

不知何時浮現一雙黃昏之眼
在跟小時候暗戀過的
那個鄰居的小女孩湛露打招呼

樓蘭山的營火
瑞夕比克、雪兒、物格
疇昔最初的緣會
那一夜營火升空布滿天
竹尊者以千山筆直的峰刃
沾染四大海的水墨
塗繪天邊七色的彩虹
纖纖細細微小如芥子的針鋒
靈犀般劃破
湛湛寂寂廣闊無邊的滄溟

刹時　突有風雨雷電來夜襲
如刃刃交鋒裂石吞山
似串串爆竹在火光中盪秋千
有少女雪兒輕揮吉他
喚出陣陣龍吟
刹時安了眾人的心神
風雨雷電遍處撒野震動
卻不犯半點營火的鋒鋩
火光依舊燦爛
片刻安伏了風雨雷電的心絃
時已三更天

夜空中流星飛滿天
少年們個個都在祈願

水逆流上天梯……
有五億十萬九千八百顆星子擱淺在銀河
瑞夕比克以一把瑞士刀化成空明之鑰
鑿破夜的那道金剛無縫之鎖
瞬間落花如飛刃
被捲入寂靜的空明
秋雨如流矢
串串被收藏於少年們的衣襟
瑞夕比克帶少年們演八部合音祭天舞
輝灑麗光的明亮大河
以一曲無生澗底琴唱和
吉他少女以十指彈奏
似陣陣海潮傾瀉琉璃
起起　伏伏　聲聲
如波濤幾見去還來

第十四回：罔少女的夢網

罔少女的夢網裡
有心輪的浮標
朵朵　含虛吐曜
有隻受傷的青鳥
跌落在滿園的桃花林
遍覆的紅雨
早已在春之池塘發酵

罔少女又墮入虛無的夢境
只留下
無可記憶的空與白
孤寂的小舟　今夜
且泊宿在褪去月色的港口

當下現行的愛　纏啊
深植的種子　眠啊
殊不知是施夢人將你驀地拽將來
是我愛執藏以情牽我欲
今夜你又隨色授魂予的夢出草去
超酷的你又上線與那神秘的玩家對決
還在追尋隱藏於不知那一部伺服器裡
一隻千變萬化莫名奇妙的蟲……△

角角諾諾與天地一獵人
被困在由春夏秋冬四季
堆積造作的東南西北四面
金字形的山形牆裡
雲之門　有光有熱
有物格少女在跳舞
眾藝童子 在
一只雪白銀冬的冷色盤裡
更換生之奧祕的新血輪

罔少女又上線
追尋坤的世界
在極不可能的八萬四千分之一的或然率
連上了織世網蘊稠林
盜走玩家的兩件寶物
一頂古戰神失落的盔甲
一支由陣陣落雷的火焰
所化成的紅色光劍
為了追求超極速的快感
以純粹的欲望重新作原始的編碼
將自我心殿的門永遠關閉
擅自闖入另類異域的天堂
用一種另類的歌聲留言：
「請不要再為我哭泣
　　請不要再為我掉眼淚……」
瞬間變身為駭客與獵人的餌

心神蕩漾　甜蜜痴迷夢幻
任意誘使那尋聲追色的玩家獵劫

有形有影　是色
迷了那雙眸子
另類夢幻的反應　是受
作成了繭困住了那靈
墮入異次元的化城仙境
是想入非非的非非想處
那股無明先天的妄念
再也牢籠不住再也呼喚不回
是一種傲慢與偏見
是一種倔強與固執
將自己那雙勇於行動的腳足
深陷於泥濘的五濁
看那對明眸若朝露的處女之眼
只能在陰森森坤世界的網海裡漂移浮潛
最原初性天真的赤子心
已變成魔與獸
在幻化的嗜慾之海永恆地爭鬥……

第十五回：不滅之魂的夢幻之都

彤弓　一只鑲金邊的雪白銀鉢
盛朵紅玫瑰　彈指
化成一雙永遠不褪色的美麗蝶衣
湛露　張開愛的精靈的翅膀
輕搖雲羽
以雙翼擁抱情人入夢裡
並賜予伊一頂
用金色花朵所編織的桂冠

結褵　以一滴眼露誘發一世紀情深
片刻的假寐　卻
被捲入今夕之夢感花嚴
希夷　空明孕色
金絲雀躡手躡腳飛入粉紅的桃花林
愛的靈苗在夏季墨綠的池塘
滋生成長
相思　在秋分的晚紅裡發酵

山姑娘以輕柔的指螺
妙觸情人的眉間
掃描亙古的真愛指數
今日　東方沒有跳躍的火球
只因西南氣流的鋒面雲帶滯留

純情的山姑娘滴滴淚雨
戀戀憂鬱的藍　蒼蒼的綠

角角諾諾爬到黃昏的屋頂唱歌：
　　大地遍開的花蕊
　　是太陽接天的眼神
　　池塘綻放的萍蓬
　　是有情人炯炯顯露的靈魂
　　是誰將一輪夕陽
　　悄悄浮貼在我的窗子
　　是誰以兔毛沾染晚霞
　　塗繪在傳說中　愛人們
　　約會的秘密園林

金沙大河浮現黃昏之眼
瑞夕比克、雪兒與物格在夕陽下露天排演
夜幕低垂
一條銀色的大河
窺探　一座月滿弓的湖
照見罔少女被困在——
不滅之魂的夢幻之都

罔少女的夢裡
有夢在幻海裡迷惘
天空出現奇特瑰麗的景象
吩少年以觀想的　念

欲襲住深秋那輪將墮的紅日
延長夕陽落幕的時分　如
心之輪的橫切面　現在前
是　夢中夢又夢的永恆憶念

黃昏的山姑娘
歸來自家的僻靜角落
扮演裸體的模特兒越界
在櫥窗裡跳進跳出
窺探　隔岸的魔與獸在搏鬥
山姑娘變身為漁夫在深海布下藍網
攔截　魚洄游的來時路
初嚐一種前所未有
被一種甜蜜夢境所騙的感覺
心甘情願墮入一座全方位
大體驗的感情虛擬世界
出賣自己的感官
來探測人類心靈的最幽深私密處

夢裡　路況似乎有些不熟
山姑娘為了追夕陽
認錯了靜浦小村下車的站口
日落
山線與海線成渾淪
天涯與懸崖兩不分
曠野寂靜

遠方偶有微微螢火燈花閃過
指引
隱藏幽深的紫藤花徑裡
施夢人在此開了一家
竊取他人隱私的量販店
山姑娘就在今夜
一時將累世累劫的秘密情人都出售
二十三對失序的染色體　在
無垠的混沌搖滾吶喊
陣陣落雷十面埋伏敲碧漢
閃電如晉鋒八搏貫破空濛

山裡人的山姑娘
春分裡的三月天
在夢中夢又夢裡
編故事騙自己達到自我陶醉的目的
一百一十一朵在藍天裡熾烈燃燒的火焰花
紅爆了綠色的枝頭
山姑娘以日晷的概念衡量太陽的腳步
卻在屈曲逆流的轉彎處忽略了光的通路
亙古來的山姑娘
最愛自己設餌自己釣
最愛自己騙自己
卻從來沒有心思去騙別人
有時拾得一片黃葉騙自己說是十兩黃金
還逗得自己笑呵呵地甚是開心

但是有時在夜深人靜午夜夢廻
經常偶見來自兒時胎藏界的影像傳眞
那時最愛騙自己
說愛你說不愛你
說你最有情說你最無意
騙自己是爲了虛擬的快樂
騙自己是爲了防止寂寞的心酸
騙自己是爲了體驗最初
與母體共生的那種甜蜜與親密
騙自己是爲了寫景入目
讓感官駕御沸騰的影像
奔流　入
神奇快樂的夢中夢又夢的夢海裡儲存……
遙想妙思源自於盤古開天以來
就是只會騙自己從來不會騙別人……

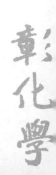

第十六回：谷神紫檀

印度　古老的農村天空
清晨出現藍與綠兩色的北極光
原始的沼澤濕地蘆葦叢裡
還藏有奇特的生物種
幽谷飄落的茉莉花瓣遮掩了
清澈的河面
田裡的農夫個個在共譜一幅
雨中耕作的生活即景

樂師少年在追尋一棵老紫檀的原鄉
從城市的假日花市
從最初那粒無比堅實的種子……
逐漸長成大樹
蛻變成摩陀祈主焰的傳奇……
天風與月光共鳴搖動伊的枝影
片片葉葉化成溫柔多情的劍刃
山鳴谷應有人在吹洞簫
一曲〈混沌譜〉
驚嚇了甚深密林中的一群花月妖

○零遁入一片空明的靈
一依的是○的圓卷軸瞬息萬變的念
晚歸的水牯牛

彰化學

影子喧賓奪主地領先上了牆
東海岸的潮汐隨月光的指引
親吻沙岸
離家出遊的金絲雀
因原鄉那株桃花的繫念
夜夜
從夢裡造訪原鄉的桃花源

追尋
谷神紫檀與五爪金鷹的邀約……
它們要從千里外來與樂師少年相會……
靈與神　契入非想非非想處
工藝神匠細中移足……
五爪金鷹懸空盤旋
護念遠航的谷神……
竹尊者與栽松樵翁有默契
是夜竹尊者夢到有鶴飛出銀籠
翌日，竹尊者帶著谷神紫檀的形體
上市集……
五爪金鷹已先來到鶴山之巔
駐足於月光寶寺……等待……
少年樂師原本就是知音人

造福勝境──
山門裡兩棵蒼勁的老榕樹
拓印著山童兒時上學返家路徑的記憶圖騰

兩排陣列高起的棕櫚樹
歙藏光與音的雲湧風起
百花溪畔　棋布的楓與槭
以片片的紅葉
捲軸深秋陣陣蕭瑟的西北雨
一段枯椿
吸盡一季春光後　燃燒自己
幾株小草不畏冰的大寒
依然挺拔地渡過嚴冬
爲的是要看春天的桃花綻放得多麼美麗

赤紅的火燄十面埋伏
於雪白的浪濤中
物格少女將往昔戀人所有的情與愛
典藏在眉間
我愛執藏在欲與色界的勁風裡
擁抱一座有形的大山
上方的五天銀燭　今夜依然亮麗
在等候谷神紫檀
來與妙高峰頂的五爪金鷹相逢
物格少女對樂師少年的思念
依然充滿了新意
樂師少年上市集就位時轉身……
他看見了谷神紫檀神秘的形體

緣，是一種或然率的巧合

因，是一種微妙間錯
　　重重複合方程式的
　　夢幻組曲
果，是一種「魅的花朵」
　　再輸入一種無明「惑的種子」
　　是一種混沌mram磁性的總體記憶
　　再乘以一種IC純粹邏輯的
　　運算終極……

一彎幽靜的月光投射在空山的背脊
有座移動的城堡漩澓於香水海
片片枯葉被季風吹到山童入定的窗口
蒼蒼鬱鬱的夜森林　掉落
顆顆黃黃綠綠的大松果
粒粒撞到水牯牛的頭
在月鋪金地的月光寺
五爪金鷹翔翔於雲空
谷神紫檀逍遙自在地吐納春風……
在混沌裡遊戲　從夢想裡反擊

天工開物
粹精細篩
羅鏡分金指度
紅色的霞海露出一道金色的光芒
谷神紫檀問樂師少年：云何應住？
樂師少年說：又不是烏龜在找殼！

谷神紫檀又問：云何而生其心？
樂師少年說：千年古池畔有隻老蟾蜍
　　　縱身一跳，
　　　吃掉正在戲弄水萍蓬的美麗蝴蝶！
谷神紫檀再問：云何得長壽
　　　金剛不壞身？
樂師少年說：是鍼
　　　是竅
　　　是哈出
　　　是閉口
　　　是藏舌
　　　是靈龜曳泥蹤入風穴
　　　是跳脫的狡兔順勢甩出一道神光
　　　襲住五爪金鷹的爪

第十七回：一道夢的缺口

　　合少女的兩片眉　彎成雙弓笛
　　是　八的原形字母
　　合少女的兩對睫毛輕含　形成
　　兩朵娥眉月所依住的花托
　　瑞夕比克曾經真實地
　　嚐過合少女眉心那滴汗水的勁道
　　瑞夕比克曾經真實地
　　負荷合少女從眼眸滲出
　　那一滴淚珠的悲憫
　　罔少女　識的精魂
　　跌入慾的網海漂流
　　夢裡的自己被捲進妖魔的狂歡派對
　　一群從未經過馴服的野獸　正
　　互相咆哮
　　原來自嬰兒胎藏時
　　最初的悸動

　　罔少女夢裡有一張藏寶圖
　　圖裡有幅虛擬的餌
　　釣字訣
　　是一場恐怖的巧合
　　是一場驚濤的默契
　　還是原本就是誤會一場

蘊稠林說：別再提了
織世網說：就讓他成爲過去式
我愛執藏卻說：釣字訣
　　　已完成捕捉貪欲之心的標的
　　　罔少女一定會自願上勾的

本識先生　將一口深井
結界　區分九格
上　下　左　右　東　南　西　北　中
輪迴，從創造‧維持‧破壞
一場碰觸都不著邊際的在還未格式化的
夢幻方程式
眾藝童子　在品字形立三口井
捲軸，從過去‧現在‧未來的
三時出風口　導演
另類的因陀羅網織就的十方刹海
曠古的宇宙
銀河星系　依
燃燈前‧正燃燈‧燃燈後的次序
眾藝童子，畫個○圓迎一片天
　　　　　畫個□方納一片地
　　　　　畫個△三角形旋轉‧遍照‧刹炫
磁，相斥相吸
顛倒互用成　正遍知

蘊稠林說：歡迎回到我們的家

織世網說：小草愛戀泥土從不疏離
我愛執藏卻說：百花早已擁抱過春天了
蘊稠林說：起伏不定的思緒
　　　早已隱入陰森詭譎的魔宮
織世網說：沈默的影子在黃昏
　　　追擊一個欲哭卻無淚的傷心人
我愛執藏卻說：三盞孤燈
　　　點亮在三處轉彎的角落
　　　三千人在曠野奔跑路過留影
　　　孤獨與寂寞的罔少女怎能召喚回
　　　那沈眠甚深的快樂因子

在伽瑪射線爆發時
混沌之都傳來寂寂的哭聲
原來，是一顆超新星從黑洞的母體誕生
眾藝童子揮毫∴點三點
書藏空中
萬象全都退藏於秘密藏中
從此將宇宙萬象都格式化
只留下一道夢的缺口
讓清秋寧靜的湖畔
合少女的小舟悄悄划入

湖上新搭建的一座水舞台　今夜
上演孔明三氣周郎的傀儡戲
殊不知蒼生有了愛才會有真情的悲憫

【夢藏ｅ戀】

彰化學

云何空氣中漂浮的微生物
都是原來自於蕭殺的菌
本識先生　以紅色的披風凍結色蘊區宇
　　　　　以藍色的斗蓬凝固想蘊區宇
　　　　　以白色的銀笠封印識蘊區宇
體　相　用　從此分限
日　月　星　各自獨步
天　地　人　不再合爲一體

施夢人
以綠色的指尖劃出一條條的大河
大河裡
有很多神秘美麗不知名的魚在游藝
天空出現一片白雲密移光陰
水面的波浪與浮萍在競相擁抱
大河上新搭建的一座水舞台
今夜在演劉半仙推背的皮影戲
一場恐怖巧合的競技
都以厚與黑爲最高策略……
那個愛出主意的本識先生
今日又說動了他的六兄弟
我愛執藏、色授魂予，與食籮一擔
還有　蘊稠林與織世網
在聲濤色浪中狩獵……
在一道夢的缺口
在清秋的寧靜河畔

合少女的小舟悄悄划入……
罔少女夢裡有一張藏寶圖
圖裡有幅虛擬的餌
釣字訣
罔少女不由自主地自願上鉤……

第十八回：曠野有舍

角角諾諾邊拍手邊高歌：
，逗點總在、頓悟之前
一念九十剎那
一剎那九百生滅
；默默不語。句偈
看　有「龜」藏在殼裡
歷　萬劫浪在波裡游
！水噴湧漚漚都是驚嘆號
有形的無形的　所有的一切密寶
都藏在一座座的形山
？問天地萬物誰最先
角角諾諾作個休止符，又繼續唱：
萬象主人杳杳冥冥
風光　在彈指瞬目間神變
從此天下蒼生不再煩惱
如夢　如夢　本來就無夢
忘情　情忘　云何還念念不忘
看　天邊曦光流彩
海角波騰翻湧

2005.3.22 19：43
太平洋東海岸畔春雷陣陣乍響
瑞夕比克、雪兒與物格

彰化學

是從天外天來的三賓客
滿園的桃子新生
竹尊者是那種桃花的人
美麗的蝴蝶隨千山輕搖兩片紅唇
鼓動一捲舌　吞食百花的精魂

栽松樵翁以九雙鞋換來半罈子好酒
甚喜悅　瞬間
眉分八彩目有玄景
稍後　一雙朦朧醉惺惺的老花眼
遍尋不著八萬四千的毛孔

凸的鏡海　蝴蝶的翅
化成五爪金鷹的翼
凹的鏡宮　山中的水牯牛
變爲階下的毛毛蟲
有隻金絲雀瞬間極速迫降……跌跌撞撞
僞裝　只因愛鬧著玩
曠野有舍
站在門檻的山童對瑞夕比克三位訪客說：
「請脫下你們的帽子留下你們的鞋子
　　再進去。」
曠野有舍
站在門檻的山童對出遊的山姑娘說：
「要時時親見戲服裡那個眞正的主人翁
　　要刻刻識得錦衣下那隻狂野的獸！」

晚春桃花園的桃子熟了
合少女手上有張紅桃Ａ
魅少女手上有張黑桃Ａ
舊牆上有幅九三老人的畫
「一竹籃裡有兩顆仙桃」
那一夜　種桃人竹尊者
請合少女‧魅少女，與瑞夕比克三位訪客
喝新釀的桃花酒……
酒　醉，放肆天下……
那一夜的銀河
右岸是紅潮　左岸是黑潮……
衣裳襟裾薰染
皆成春神在舞蹈……

魅字訣　湧現於合少女的眉間
惑字訣　滲漏在瑞夕比克的指螺
魅少女
翻開亙古密藏愛與情的存摺密碼
透由夢裡永恆思與念的記憶認證
瑞夕比克的戀字訣
飛入片片美麗夢幻的彩衣
追尋還在不可思議航路上的樂師少年
截字訣　瘋狂的施夢人釋出干擾的訊號
破壞了有情人相互依棲的因陀羅網

種桃人竹尊者愛講「鑿開混沌」的故事

人之初有天皇盤古氏開天闢地

始建干支無爲澹泊

地皇定日月星三辰分晝夜

人皇掌九區與山川

有巢氏築居處　燧人氏取火溫暖

伏羲八卦六書六種造字

神農嚐百草生五穀

軒轅造羅盤製律曆織衣裳

堯稱元始有疆界建國號

舜作南風歌……

那一夜，來了三隻白狐

悄悄潛入舊牆的畫裡聽歌偷桃

卻不小心睡著……從此

畫中多了三隻白狐

永遠再也出不得……

一張紅桃Ａ在一隻白狐的手上

一張黑桃Ａ在一隻白狐的手上

另一隻白狐正在想辦法奪取

三狐爭二桃從來永無終止……

那一夜的銀河

右岸是紅潮　左岸是黑潮……

第十九回：結褵──耶誕節的祈願

山童在與金絲雀對話──

「對不起……對不起……」
千萬聲對不起
仍喚不回水牯牛……
山童：金絲雀，到底你是對不起誰？
金絲雀：是桃花亂潑朱墨灑向空白的天窗
　　　遮那一幅雲霧飄渺的山水畫
　　　云何漫天紅雨的桃花
　　　不願意預留一方天地給我揮毫
　　　我今已變成一頭迷失的水牯牛
　　　在得與失中　徘徊猶豫
　　　到底是醒？　還是迷？
山童：金絲雀啊！
　　　山門外老牆邊有隻愛睏的蝴蝶
　　　睡著了將自己入畫安眠
　　　織就一齣永遠忘不了的美麗夢境

結褵──聖誕節的祈願
結褵告訴樂師少年：今天我去竹子湖玩
　　　看到許多海芋好漂亮
結褵畫一間薑餅屋
是去年樂師少年送給她的聖誕節禮物

結褵畫了一張自己最喜歡看的
EVITA的歌劇,劇場裡彷彿還有她自己
過去式有時忘了
即非不可思議
且看　渴字訣
皆因一場雪封了千口井
霧鎖
湛露以為天未明　睡不醒
夢裡又重溫那有時忘了的新回憶
不再不可思議……巴黎老歌劇院的
那一襲舞衣

角角諾諾相約在藍天下歌唱：
　　　松　樹之傘
　　　鷹　鳳之羽
　　　隨風
　　　御風
　　　看那美麗的蝴蝶以虛裘遮掩魔宮
　　　金絲雀　若是有情
　　　天地玄黃云何滯不明
　　　水牯牛　若是無情
　　　寤與寐兩端云何都失眞

少年樂師送給結褵一件新的舞衣
為她講解獵人師的故事
還有故鄉與原鄉的記憶與回憶

孩子氣本就是結褵的心情
原就是結褵最初純眞那一念的本心
少年樂師送給結褵一部純粹機械的攝影機
爲她講解重回攝影的原點
只要記得「當太陽微笑時」
晴天有雲　光圈開「8」的原則
再去做增或減　即可
如是記錄下童稚之子赤子之心紅潤的容顏
再往後回憶中的一瞑　會長大一寸

少年樂師送給結褵
一座竹子與木頭搭建的小樓閣
爲她講解永恆憶念的故事……
我心深深思念的人啊
我今天不能去看你
你爲什麼不會寄信給我
我心長長思念的人啊
我今天又不能去看你
你爲什麼不懂得來看我
一次又一次我在家門口眺望
總是不見你來啊
你可知道一天不見你
好像已隔了三個月啊……

小小的金絲雀愛學浪漫的水牯牛
遠離家門

彰化學

途中　變成一隻孤鳥露宿枝頭
大用無方的桃樹神
為他守住去年的舊巢
不讓還未真除的青鳥入座
晚歸的竹尊者初返鄉
路上初生的青鳥不認識
瞪著他
用眼神趕他走

樂師少年又教結褵一首另類的歌謠傳唱⋯⋯
結褵　結褵
以稚嫩的嗓音唱出春天的呢喃
那個時候一陣陣的春風
都駐足在結褵的髮梢
悄悄偷聽樂師少年的真言
偷窺結褵心中的秘密字母符號
探尋結褵那夢想裡的純真密碼

第二十回：山姑娘的夢幻方程式

　　浪花　金絲雀吹唱
　　鸚鵡海螺的回音
　　從東海太平洋滲漏
　　雨中　耕作的水牯牛在春天
　　掀翻無邊的大地
　　栽種返魂的靈樹
　　深植還丹的元素
　　剎時　萬里江山被披上一襲
　　薄薄淺綠的新衣
　　小滿日出沒轉照
　　天天午后雷陣雨
　　黃昏　家山簷前的美麗桃花
　　依舊烘托出一團晚紅
　　夜的序幕　是
　　山姑娘作完白日夢後的終端機
　　情人的疪肌　是
　　虛與實的偶然觸覺
　　光與影一而再地
　　不規則折疊過山姑娘的夢幻方程式

　　接天處　鳥銜花
　　從蒼穹飄落
　　日羽掃過一方青石　昨夜

被山姑娘淚水沾濕的角落
拓印　一張過度重複曝光
充滿矛盾情結的照片
無垠的想
幽禁山姑娘不願存藏於記憶
所拋棄還未成形的殘念
甚深的情
封閉山姑娘自性的靈明
將自我結界在色蘊區宇
永遠無法登出──

羽化的蟬　留下的殼
是歲月以極簡的力道
雕刻時輪的痕
炯炯有神的複眼
知了
是泥土　風與露
共同認養的小孩

枯竹裡有──空心的穴
收納　山姑娘的一夕之夢
永為情人夢裡千生的戀人
朽木中有口通心的井
釋放一根白色的羽毛　剎時
化成一隻和平鴿飛向靜默的野蠻

山姑娘問：「天亮了嗎？」
夢中有人說：「還沒，
繼續睡吧，作好夢去──」
夢裡的紫藤屋
有門的鑰
藏在燈芯草編織的籃裡
類似的記憶
還原新生嬰兒最初根本淨色之輪

有鶴　藏在水之湄的濕原
六相　十玄門
三部經卷　九次元空間
全被封印在白淨無垢的鶴山之巔
有霧　降低了鷹之眼的能見度
胎藏界曼陀羅　是宇宙生命最初的母體
原始的臍帶血永遠儲存於真空的胎盤裡
有網　遮那不住光的遍行熱能
金剛曼荼羅　是五濁世間最希有的
剎塵晶鑽所變化的
一粒堅實不壞的性天種子
將夢裡的山姑娘重重包裹

蘆葦草在裝滿西風的無底鉢裡
搖曳──
秋聲急急催那枯葉
生煙──

請　讓我聽到
讓我看到
讓我碰觸到
讓我從你的呼吸感覺到
那幾度甚深的思念
浮現於夢海交織不平的曲線
山姑娘問
天空的鳥云何越界叼走河裡的魚
夢中的你云何跨界釣走情人的神

千封信函在一夜寄出
只因施夢人在罔少女的夢裡
留下一幅抽象的殘影
愛字訣　在無窮無盡止的等待
只因一場無始無終止永遠登不出的夢境
在網世界的夢裡迴旋……
有時轟轟烈烈　有時支離破碎
喜歡假面藝術的罔少女
錯愛了瞬間變臉的色授魂予
色授魂予化身爲人面蜘蛛
以透明的光纖織成幻化的網域
羅列一幅捕風捉影的八陣圖
罔少女變身爲一隻美麗的蝴蝶從夢裡飛來
一記閃電刹那一道亮炫
它的身外化身已被勘破
兩排鋒利如雪之刃的狼牙

嵌入一座亙古未化的冰冷少女峰
遠距的焦點有更美的誘人視野
是誰
在等待那無窮無盡的夢幻之夜

色授魂予的神奇數位密室
來了一位戴假面具的美少女
相互在一場征服與佔有的遊戲
如夢　有顆水潤潤的珠
滑過伏擊的夢幻捕手
云何上壘的人卻沒得分？
在血紅的沙漠裡
有兩口深不可測的枯井
井口有符
封印了新世代春神的轉生
謎樣的罔少女
在沒有「乾」的世界裡誕生不了超新星
在迷網的異次元的異域
化身的天龍
刹那間又變成魔獸合體的怪物
在「亂」字訣裡爆裂那八萬四千毛孔
萬般夢幻的柔情
只為了一場毀滅性的愛與慾
看那襲火熱的彩衣
在瞬間燒盡那纖弱的蝶翼
從此永無大地春回的消息

從此永遠沒有想念過太陽的日子……

【夢藏 e 戀】

第二十一回：山姑娘的永恆追尋

工藝神匠將宇宙剎海
安立於萬物成熟的季節
栽松樵翁將堆滿稻糧的穀倉
徧布莊嚴的世界
眾藝童子使南方的雲系
悄然向北移
旺盛的熱對流衝撞超藍的天空
妙湛的愛琴海底　大歇石
隨著深層的板塊震盪滾輪
東海岸　納風亭畔的橄欖樹下
有數不清的亂碼
今　浮出108 202 301 8 14 04的密鑰
是樂師少年打開一頁嶄新的古文明印記
上方竹尊者就座　殷勤叮嚀
路　有水牯牛在學雲豹
湖　有美麗的蝴蝶在學飛魚
是英勇的寄託
金絲雀來到一座原始的古劇場
以夢幻的葉與花
編織抽象的幾何圖形桂冠
看　河的小舟有位小女孩結褵
雙手捧一幢初綻的紫色金露花
踏波而來

山姑娘在永恆的追尋
山姑娘在亙古的等待
散落在恆河沙數的那一把心靈之鑰
如何打開那道無以倫比
奇特殊勝的秘密情人之門
在愛的夢幻網裡
是地久天長的無邊世界
施夢人給了山姑娘永遠
憶　思　想　念的第二故鄉
在另個網世界裡
有一群不遑安住的過客
與罔少女互相追逐獵殺
在第三邊境──

最後
罔少女以嬰兒的純真力道戰勝
那隻從識海影像庫藏中所虛擬的怪獸
磅礴的氣勢在光與熱交溶
瞬間
將枯木化為龍吟

即景　夢幻的公園
有好幾處出入口
魅少女羞答答地從這頭奔向那頭
青春的臉上綻放甜蜜蜜的笑容

恰巧露出
與情人悄然約會的秘密
魅少女在情人的夢網裡沈睡
魅少女在自己美麗的殼中冬眠
兒時　葡萄架下私釀的一壺美酒
存藏　至今
絲瓜棚下那股霜秋的勁道
猶未褪去

所有的情人們都在等待
上方的紅燈
陣陣野蠻的狂風咆哮過
由黃轉綠
罔少女在傾斜的十字路口
獨自擁抱寂寞徘徊
夜深
魅少女眼眸滲出的一滴淚
不知能容納幾MG的記憶體

千波的浪濤
躺在山姑娘風衣的懷抱
春的晚天　陣陣落雷
在上方擊鼓
滴滴答答
汪洋中有艘漏雨的船舫在逆風行駛
只因遠方伊人在深情召喚

一堵無形無色的圍牆　區隔了
看不見芳苑王功沿海那座嶄新的燈塔
雖然　伊人曾經在不可思議航路的
轉彎處　留下些微的顯影
舷首的女神早就不翼而飛
不知到哪兒去了……

岸畔的空氣漂浮海水的鹹味
無數老古木在美麗的原生林
參天　入　非想非非想處
秋晨　遠方傳來陣陣笛聲
山姑娘在岸畔觀想
是否樂師少年的不退風帆也在起錨
航向　空
無邊無所有處

春天的桃花如洶湧澎湃的潮汐
來復競放芬芳的愛
夏日的朝霧模糊了山姑娘
在長夜夢裡思念的圖騰
深秋霜降後的池塘
月亮也因迷情所以失焦
冬至　金絲雀遠遊他方
早已忘卻最初為了美麗的蝴蝶
觀想祈願的原形

第二十二回：夢中夢又夢的合少女

合少女在夢中夢又夢裡　窺見
鏡中鏡又鏡裡　的
徑中徑又徑裡　的
路
真實的 e
被禁錮在顛倒的形山那端
谷中谷又谷裡　有
風中風又風　旋嵐
空中空又空 後
被收斂於東南西北中
尋尋覓覓　幽隱的愛
終結不了有情的方程式
孤獨的山姑娘對著落葉傾訴孤獨
寂寞的魅少女向著枯枝訴說寂寞

冬季冷冷的黃昏　一群呱叫的寒鴉
攪亂了栽松樵翁的腳步
春天暖暖的早晨　一朵初綻的桃花
悄悄拭去久被冰封的湖面
還原一方神秘美麗的池塘
昨夜罔少女入夢　追尋
瑞夕比克、雪兒與物格亙古的心靈地圖
偶然發現隱藏於過去劫中　與

眞實情人相戀的圖騰　瞬間
妙覺的感官被封印於虛擬的化境
方知凡所有相　觸目
都自以爲眞　從此
象出象　心生心
永遠不能登出——

鮮紅的夕陽
熾烈燃燒赤裸裸的枯椿
我愛執藏化爲胎藏界的衝浪手
永不退縮地在香水海築構自己的王國
神秘的古河劇場
又新演一齣浪漫火之舞的首輪戲
眾藝童子化身金剛界的風帆少年
馳騁於浪峰頂
捲軸一幅曼妙的眞實相　置入
一方夢幻抽象的另個次元空間

初冬的寒谷
雪之刃封裝白色的浪濤
施夢人在黃昏
複製一把心靈的萬能之鑰
偷竊所有睡客的夢之魂
山中的竹木精靈
來到傍晚的日落邊境
觀看一場無迹無痕無所畏的物化神蹟

兩隻會思考有情感有脾氣卻很健忘
還未蛻化成蝶與蛾的蟲兒在默默對話

永恆的吩少年
不知何時留下一隻鞋
今夜的大海潮湧十三級浪
風　吹乾樂師少年雙鬢的汗
雨　浸濕樂師少年身上的衣
今夜的玄冥
沒有蟬鳴　也無鳥叫
只有狂風在呼嘯
不見蜻蜓飛　沒有蝴蝶舞
只有怒吼的雨在遍處橫行……

狂颺下　玄冥的夜
躺在媽媽懷抱裡
一個才七個月大的小孩在臥禅
嬰兒　行
屏息　領納天地呼吸
一雙朝天的鼻孔
任那奔流的風出氣
嬰兒　坐
咧嘴大笑
笑那乾坤之門
有隻蝴蝶尾隨一陣狂風暴雨
迷迷糊糊地闖進來

彰化學

嬰兒　臥
放聲大哭
哭那混沌之間
有隻蜻蜓跌跌撞撞
在萬籟寂靜的晴空下卻飛不出去

春日的桃花朵朵飛舞九重天
欲出遊的合少女拾得一瓣
寄到遙遠的他方　2876
7123房
預留給未來客居旅店的自己
人面蜘蛛布下堅韌的網
在　暗黑的夜飄搖

春的園林　風蝶與野蛾
今茱中有條青蟲
當春時沿屋壁草木爬攀而上
以絲自圍成繭
繭裡的蟲昨夜作個夢
夢到自己變成一隻美麗的蝴蝶
飛到雲空中
然後又變成五爪金鷹代天巡狩
滿目風光不斷聲色
隨處自在
飛過油桐花祭的四月雪
物化

化母所育
一夕視之有圭角
六七日其背罅裂蛻變為風蝶
翼斑有大海眼小海眼……

物化
化母所育
看那一顆熟透醉了的仙桃
孕藏一隻還未蛻變成野蛾的蟲
桃核裡的蟲作一個夢
夢到自己披毛戴角跌入
夢中夢　被困在重夢裡
出門再也無技倆
有天它從夢中覺醒
遍處追尋
卻無任何在夢裡留下的處所
方知原來是一場覺中夢
怎在乎今生的性命
原是屬於他人附屬的情人
覺中覺　江山萬里多嬌
卻不見有人真心疼惜這片山河大地
怎能隨類自在——

如夢之蝶　如猶未蛻變之蟲
如夢之蟲　如猶未蛻變之蝶
物化　反轉向下↓

與我相對之外物
物格　逆流向上↑
融物與我爲一體
山姑娘裝睡客扮夢蝶　諦聽
一隻還未蛻變的蟲在高歌
看那晴空中有條臥形物名叫螮蝀
在季春始見　在孟冬藏不見
看天空的雲中那隻巨大底蟲
忽隱忽現地在創造炫爛美麗的彩虹

第二十三回：愚人的故事

夏至的黃昏
愛睏的睡蓮吸入天邊最後一抹晚紅
睡大覺去了
五爪金鷹在無垠的夢境裡
化成一隻七色的彩蝶
逗狼群去了

水牯牛乘著銀弓之舟
拋出神準的錨
停泊在魔幻之海的中樞之央
等待一隻初裂破的　軀
蟄伏十七年欲出殼的　蟬
新衣猶未乾
卻遇十三級暴風雨的侵襲
聽說　今夜有強烈的西南氣流
綿延兩千公里

二〇〇四‧十二‧三十　今晚東南東方的天空
格外閃亮
有顆閃爍的晶鑽滯留在銀河之尖
東海岸的路燈今夜顯得特別昏暗
但願上蒼聽到人們的祈求
但願這座地球村的眾生無災無難……

一時　有人嘴錯錯有人尾顛顛
有人笑嘻嘻有人淚漣漣
一則古老的故事重複說了五千遍
時間卻經常被遺忘在
第八與第九臨界的縫隙空間
地牛的唇吻漸露鋒芒
在山童右背腰酸的第六天
南亞的海域產生九級的震動
譜成連串的人間悲歌
時速五百公里浪高十五公尺
一場水世界瞬間封鎖三千個小村落
寧靜的海域出現一隻大怪獸
以巨大底能量召喚無敵的殺人浪
瞬間吞食大地蒼生萬物萬類……

在天體軌道的運行中
地球也輕微顫抖　跳動
韻律移轉由8.1成9.0
遠方的世界無風卻起浪
百川千溪的小河水倒流
擱淺的鯨回不了大海的家
大海嘯　怒吼咆哮
霹靂啪啦乍響
國土山河瞬間全變了色
百萬生靈塗炭
千萬蒼生流離失所

島嶼消失了
村落隕沒了
浪來了
浪來了
於十方埋伏
驚恐的人們在吶喊

駭人旋渦從無邊無際的夢境
四處橫流亂竄
人們一雙雙迷茫的眼神
緊盯觸目驚心的萬象出神
任那大海嘯掀翻波浪
歛藏人間的親情與大愛
蠻橫的海域
漂浮的空船
在滔天巨浪裡有位七歲小男孩幸運地
奮力游上岸
大象瘋狂奔上山
老阿媽半睡半醒
老漁翁不眠不休
說　痛苦的記憶永遠忘不了
但是故鄉就在這裡
還能搬去哪兒呢？

菩薩心以一種情懷
怎能安撫那千萬受傷漂泊的心靈

誰能刻意忽略往事的記憶
誰能將過去所有發生的檔案全都刪除
依戀父母的小孩
以信念等候爸爸媽媽的救援
二十二個小時卻以為已過了五天五夜
小女孩說──
恐怖的記憶要怎樣才能忘記？
你再問我，我會再做惡夢啦！
是誰驚天一鎚
粉碎乾坤兩儀
是那個龍王一口噴出九江河
使大地瞬間移位
使蒼生瞬間在
生與死　徘徊
……

○的智慧
一的勝出
二的平衡
有個無情客騙倒了一位有心人
三點秘藏
四方廣布大地於燃燈前

有人正燃燈　點亮五天銀燭
台上有人在謝幕
台下有人叫安可

燃燈後　六相圓融和合相生
七日來復如風車輛紡車輪
山中有位現代的愚公
在愚人節說了一則愚人的故事：
八方風雨原來自於性海眞空
九九還源八十一最初的大圓種智
十方剎海中安立一座世界種
裡面有迷宮的主人
有神祕奇幻的朱雀……

有位愚人愛說愚人的故事給一群愚人聽
說疇昔有個愚人最愛騎著木馬去遊春
說疇昔有個愚人騎著一隻泥牛入海去尋寶
說庭外有個石女在今夜會懷胎
有個愚人在河裡撿到一隻破草鞋
說是伊以前情人弄丟的
有個愚人一手拿糞箕一手拿掃帚
說要將所有月光與星光都掃走
這樣就只有白天沒有晚上

一群愚人在戲論──
鯤怎會沒有羽翼？
它不就是從天上飛入海的大鵬鳥？
一個愚人輕輕抖擻說──
是誰在擾亂「我」的世界？

第二十四回：堪忍的世界之獵人傳說

紅色的楓
葉　鑲嵌冰冷的水珠
施夢人扮演怪客
頭戴燈斗笠身披火浣衣
是來自丹大獵人古老的傳說
從紫藤屋裡那顆神秘的水晶球
可以看到亙古的那隻獅子
從後時光奔跑到前方位
有隻蠶緩緩地吃掉一片片的葉子
整座森林
有隻鯨悄悄張開大口吞食一群群的魚
整片大海
兩隻蜻蜓恣意穿梭在光陰的原野
兩隻蟋蟀愛在那只無底鉢裡格鬥
蒼生夢的盡頭
是條湛藍無垠的銀河……

小女孩結褵的直覺靈樞在問：
那個蠟做的人兒
今夜云何淚流不止？
在夢的虛位的第三角落
江湖賣唱生舞動金剛王寶劍
血濺蒼天

上方飄下一根白色的羽毛
掉在一只繡白玫瑰的枕頭
有隻踞地的獅子從夢的第九次元躍出
驚殺一隻在冰山雪域覓食的狐狸

幾何圖形拼湊的船形屋　宇宙
屈曲流線的原形屋形船　天體
所有的眾神被錯綜複雜的攝入一枚廣角鏡裡
然後被堆積在仙境邊界的角落
擠爆　共中共那處驚恐窒息的空間
密閉在所有怖畏的列陣中
殊不知所有一切的器世間主
都早已複製了人類的潛意識
下載了人類心靈的感官情緒
它們比人類更懼怕壞相與破滅
是一種宿命的共生
看八萬四千蟲子在一方陰柔的肚臍蠱孔裡跳舞
牽引　駭客騎木馬入侵
封鎖你我他最原始的記憶檔案
怎能不驚不怖不畏
在驚懼的一刻鐘　降落又拉起
穿梭於幻覺區宇的魔幻通道
漂流於夢魘的負能量　異物質的生滅門
午時一刻十五分
彷彿已遠離了地球二十六光年
無明魔王從織女星拋來一記觸身球

若有所遺憾
失分的指數應是千分之九九九
無眠的夢魘捲軸千眼的視窗
天外飛仙暫且停留在諸神的領域鬪戰
窒息密閉的空氣流動一種未成形的宇宙液體
所有人們狩獵的靈矛被沒收
所有人們藏身的神盾都失落
瞬間　一種反覆的不穩定
從 e 的眼神窺探 e 的靈
牢籠 e 的影網羅 e 的夢
是船形屋還是屋形船
是倒掛的虹橋還是顛覆的飛輪
2005.5.22 12：25
剎那夢的精靈在雲的翅膀留言
一線黎明劃過黑暗的通道
謎樣的舵手
突破驚恐駭客植入的亂碼封鎖
古早的留聲機又在大地響起……

風鈴悄悄逗弄晚風
牧童的笛音輕輕拂柳過江岸
水牯牛潛入大海深處
追尋一條美麗奇特傳說中的大魚
天下的母親都在深夜裡傾聽自己腹中
來自胎藏界嬰兒最初心動的原始頻率……

彰化學

黃昏　夕陽悄悄爬上玻璃幃幕
即將揚帆的物格少女合掌向主海神祈禱
漁夫駕一部牛皮筏渡河
以光之舞誘捕水裡的魚
後夜分
瑞夕比克從寤寐之中甦醒
心疼　在原鄉的愛人

「在這個堪忍的世界」
古老原住民最初祭祀諸天眾神牲禮的故事
破獍‧窮奇　不孝之獸
兇暴　長大後勇吞食父
檮杌‧流離　不孝之鳥
狼惡　長大後勇吞食母
犁牛之子騂且角
是日行千里的紅鬃烈馬
提壺提壺　杏花村裡沽酒去──
鵜鶘叫。
脫袴脫袴　勸君早日脫卻舊袴──
布穀鳥叫。

小女孩結褵問
密不通風的真空
一朵絕色的紅玫瑰不知云何枯萎
山童答　非所問
看那阿婆一雙腳天天扛茱下山一簍簍

小女孩結襬又問
昨夜有老僧入定
一時不小心掉了兩片眉毛
聽說飄入你的夢裡
云何今天沒看見你還給我……
山童答　是所問
我似乎在夢裡見過
on line搜尋後
卻只看到兩片鵝毛雪與風相追逐
一隻丹頂鶴站在龜背上打瞌睡……

第二十五回：針工鍼神繡鴛鴦

亙古的冰原
不動的浪峰
冬季　滾滾雪濤洶湧
春天　化為一條遄流不息的大河
有鯨從甚深妙湛的水之域
帶來夏日紫色薰衣草原鄉的消息
移動的河床
漂泊在過去與未來
滄與桑的兩岸
秋晚的夕照
戲水的山童
將一輪晚紅踩碎
化成片片貝殼
閃耀亮晶晶的光輝

罔少女清晨來到一口神秘的古井提水
卻被井裡的一雙湛藍的目光鎖控
狂野的色授魂予對罔少女說：
妳永遠是我的美夢！
變了心的色授魂予
將罔少女流下的淚水烘乾製成鹹沙
裝在一只玫瑰花的瓶裡
然後丟在一口神秘的古井裡

日日夜夜測量過去時日相戀的保鮮度
天空空　含容閃電雷鳴
地靈靈　孕育有情無情

東海太平洋納風亭畔
欖仁樹的綠葉間
有隻大螳螂瞪著一隻小螳螂
月光下　幢幢彩徹區明的板塊
追隨天體的運轉　緩緩挪移
大螳螂對小螳螂說：
明日隔岸的瓊崖海棠開小白花
我們看熱鬧去！

小女孩　結褵的夢
想躺在星星堆裡擁抱星星睡覺
東方天空出現一道彩虹
西方天空出現一片紅霞
銀河亂了譜不遑安住
月亮錯置在太陽的位子
小女孩　結褵的夢
想　躺在星星堆裡擁抱星星入眠

罔少女　清晨
來到一口神秘的古井提水
一條巷抹不去罔少女一夕相思的夢
一條弄割截不斷陣陣冷冽的北風

一條街吸盡所有罔少女滴落的汗血
花徑　暴風雨過後
罔少女踩踏滿布蝶與蟬的身軀下山
都市森林　虛擬的劇場
又重新上演月移花影的傀儡戲

亙古一顆無限容量的記憶體
不知云何又重新來到罔少女的識海經卷巡狩
攪亂罔少女未來的夢
漂浮在罔少女的性天搜密
一棵千年曲躬的老榕樹
有百種百代的金絲雀在它的懷裡築巢
宇宙最美麗的音符　從此
誕生

雲化成的五爪金鷹
金色的翼也掃不去仲夏的日光雨
有狂野的水牯牛在大嘯吼
哞　哞　哞依然堵不住風的出口
西南氣流正旺盛
濕潤的晶露
滯留荷田田鮮嫩肌㡰的清晨
罔少女卻見到有蓮
蓮　蓮在干戈與戰神的亂字訣
降伏　應住
隨遇而　安

天外有雷　震落蜻蜓的翼
上方有電　快閃如光劍刹那削去蝶的翅羽
扭曲的枝啊　被撕裂的葉啊
風　拔起大樹的根
雨　衝散漂流的桴木群
遠走江湖的賣唱生
急於美麗的歌聲修補滄海的
那園嶄新的泥土

霜秋殺百草
濃香被陣陣西北雨染成一襲芬芳的蝶衣
當伏羲與神農在船形屋的宇宙遊戲裡消失
當唐堯與大舜從船形屋的世界原夢裡消隱
匿藏於屋形船天體中的萬獸之王與群妖之魔
就會肆無忌憚地出現在一起
玩線上四色十三支刁牌的殺戮遊戲
偏頗的基調總來自於未知領域的誘惑
看那五爪金鷹鍊就一雙火眼金睛代天巡狩
搜尋那滄海所有魚兒滲漏的情……

有天夜裡來了一個囡少女
妙於針工號鍼神
愛以金針秘密繡鴛鴦
織就那錦縫玉線長
有時掛向春園人卻不識

夜夜期盼引那蜂蝶過來忙

有天夜裡來了一個罔少女

能呵出一口香霧

異香襲人衣　經年累月不散去

有天夜裡來了一個穿紫衣戴紫呢帽的色授魂予

扣門逕入

橫波眼　媚且魅　纖指滑膩秀娥媚

罔少女愛上女中丈夫　千種相思隔孽霧

銀河九天下　蒼碧青螺間

半屏山　月世界

坤以天體營開派對

白雲深處有溫柔之鄉

一齣小蠻愛上樊素的故事

竟夜又舞又歌唱

冰雪心　容姣媚

是一個沒有陽光只有水水的幻月世界

一片冰心是淫氣的化生

是月魄的精光所生的變化

夜來心火忽熾怎滅去

霧茫茫又是一片愛慾之海

杯盤交錯　黃昏不語

怎待得了到明天　隨那赤紅化為玉

飛去──

第二十六回：色授魂予「識」的古棧道

秋分的月光　從新銀河的線路圖
追尋亙古的主路徑
有情來下種的愛人啊
雖然幾生幾世沒見了
卻還是那麼熟悉
在　混天網海裡
織世網與蘊稠林藏匿於似曾相識的記憶航道
攔截　無始以來
出不得
永不覺醒的夢境
踏春的竹尊者欲離去
將一枚心愛的風箏託付少女物格看顧
風箏對主人說：
請主人將滿腹的心事都留下給我
不要再一次又沈重地帶走……

風在流行
樹的翼　左右搖動似鐘擺
時間的齒輪
踂踂的轉動聲
眾藝童子是光陰的園丁咻咻忙著
鋤去滄海與桑田兩團囫圇
汲取亙古的元素

注入今人的築夢空間
看　那輪落日浮貼在染紅的霞海
長天有隻五爪金鷹張開羽翼
漩洑於東海湛藍的水平線
遠方傳來樂師少年返航的歌聲
岸上的山色
挹翠得讓人心醉
大地　孕的動能在生發
物格少女夢想的指數在騰躍

先春　灼灼桃花香芬郁
多情的紅雨伴江月
魅少女欲續　前未了緣
夢裡幾度躊躇徘徊
早已記不得我是誰
愛　魅少女擺一種飛天的姿勢
將自己嵌入一幅巫山的壁畫裡

夜　施夢人
牽著傀儡要去無遮劇場看戲
恰遇愛說謊的稻草人
在編織一齣深秋的曠野
所有枯葉都在一夕之間
化成煙升天的故事
遠方傳來夜遊的角角諾諾在清唱——
春天的巷是泛漾的彩

夏天的弄是蒼翠的綠
秋天的街是楓與槭吐的紅
冬日的道是一色還超一色的白

2004.12.21是日冬至
樂師少年收到湛露與結褵寄來
兩人各自描繪少女情懷的內心
那一幅純想潔淨的美麗圖畫
湛露要樂師少年講一則古早的故事
結褵要樂師少年演奏一曲悠悠我心的月光曲
湛露問樂師少年：
我的心如何Touch那一朵桃花的靈？
結褵問樂師少年：
我的神如何控引那美麗蝴蝶的夢？
樂師少年將湛露與結褵的畫與話
拓印在內裡的心靈底層⋯⋯

春來溪澗水冷冷
大河迅闊船難渡
一艘漂泊在沙岸的孤舟
在茫茫霧之都的港灣迷航
綠茸茸裡黃叢叢
春神為他與她披覆一襲紫色飛淡烟的衣裳
夢正濃——

色授魂予說一生只愛一個人

色授魂予說一次只愛一個人
色授魂予說一時只愛一個人
色授魂予說當下只愛一個人

罔少女將孕藏的愛化育的情
匿蹤於都市的叢林
色授魂予奔馳於聲色
以顛倒的狂心　轉境
色授魂予與罔少女在玩綠配黃黃配綠的遊戲
貌似合　神還離
虛偽的色授魂予演出一場不真實離家出走的遊戲
罔少女早已成為色授魂予過去式的故事……
看那黃河水今春被流離的花瓣染得特別芬芳
色授魂予昨夜云何三更半暝才回枕
罔少女今朝云何等不到天明就又相約……
色授魂予騙罔少女說要去南方
還編織了一則很美的故事……
綠配黃黃配綠　綠兮衣兮
綠衣黃裏　黃中卻不怎麼通禮
說是桴木只為了追尋一個美好的歸宿
如今不小心將一張軟軟兜羅
拈捻成一道硬如銀山鐵壁
只好趕赴洛陽找花仙子為愛的天使舉行安魂曲
看那一窪浩渺的無情水
幾處隨方幾處隨圓
罔少女說這不是虛浮的空花……

罔少女說這不是風吹的水上漚……
雲中從北方湖畔飛來的那隻孤燕
色授魂予的心已在外遊行了許久
最初原始的那股情意早已杳杳冥冥無蹤
罔少女從疇昔的花團錦簇姹紫嫣紅中驚夢……
看那去年的朽木今春又生花
朵朵散入雜亂的叢林……

在色授魂予「識」的古棧道──
早已被根與塵釋放的濃霧
遮蔽了那一雙湛藍的眼神
閃電敲打低音鼓　雷聲隆隆乍響
月亮忘了關門掩窗
罔少女拈花的指在箜篌的絃間恍惚交錯……

含情的目光製造想念的因子
魅惑的眼神釋放　愛的精靈
一種類似的記憶
又再複製抄襲亙古的老戲碼……

幾千迴在夢裡徘徊
空空濛濛　前三三後三三
杳杳冥冥　井中井又井
有塊以四季為餡的方塊酥
細細嚼　囫圇嚥
且看　將自己嵌入一幅巫山壁畫裡的魅少女

【夢藏 e 戀】

以動力眞空之鑰打開一道
金剛無鬚之鎖　等待
罔少女從施夢人的網世界回來⋯⋯

第二十七回：「退」字訣──月光森林外一章

　　金絲雀飛過山

　　　飛過海

　　　飛過河

　　　飛過主樹神的雨林

　　來到風之谷

　　邀月光共舞

　　「退」字訣　反向。

　　過去的記憶

　　被時間分子裂解後

　　又在一場新的夢境裡重組

　　返回

　　夜深

　　彤弓爬上小閣樓的屋頂看星星

　　剎那　看到夜行者貓頭鷹

　　還在白雲端入定

　　天空　朵朵潔白的雲

　　　　　　愛戀

　　大地　塊塊翠綠的秧

　　湛露扮成泥

　　結褵扮成沙　在古池塘

　　玩你儂我儂的遊戲

　　盛夏的蓮與荷

在水裡開開閤閤
鄉下的庄腳囝仔騎牛打赤腳
在田埂看水裡天
沿海的討海人
靠一艘小小的竹筏
與浪爭鋒
星夜裡的銀河系
浪漫的雙魚座
不小心滲出一滴淚珠
衝破宇內亙古的冰河
開出一條新的水路
流向你我他的世界
侵蝕早已荒漠未開墾的國土
如今還有誰　肯耕

R來到北極看冰雕成的山水
S在南方觀銀色寶燭織成的天河
Y親見沙漠有樂師少年以麥草編成井字形的方格
襲住橫流的沙粒共築而成的移動塵堡
界外有部大白牛車從夢的窗口極速掠過
留下一束漂浮的光影
物格少女以楊枝探竿
勘破了
結褵說：離別后云何常有心痛的感覺
湛露說：原是我硬把你拉到我的夢裡來
結褵說：是我神通廣大以念力

強迫侵入你的夢裡說故事

一寸地長一根草
一塊小歇石邊畔
開了一朵小白花
剎那
一道光陰從湛露的眼眸掠過
刻度遺留在結褵眉間的角落

彤弓依在一棵千年的赤柯神木樹身打眠
翠峰谷飄降陣陣花雨封鎖色蘊區宇
念，在夢裡化成液態的變形蟲潛入識海區宇
與過去記憶中念念流散的波浪
及未來受愛業牽引的幻想曲　格鬥

狂風吹雪紛飛落
愛的城堡濁浪滔天
結褵扮成一隻小小的牛角仙
騎在彤弓扮成的
那一隻大大的白牛背上逗玩
千秋

老森林有千年樹
樹開了千朵花
花落
落花

跟著山童的十隻腳趾出遊
春色逐漸隨晚天長離
水牯牛也齁聲呼呼的睡大覺去
剩下的是那些發酵的果實
與失靈的種子

大寒
冷冷的天　美麗的蝴蝶
薄薄曲捲一片新生的葉子
在陽光慰撫時
鮮活了綠色的脈絡
春天來了
金絲雀拾得去年爭戰的盔甲
整裝預備再次出擊……

彰化學

國家圖書館出版品預行編目資料

愚溪小說選／愚溪著.－－初版.－－臺中市：晨星，
　　2010.4
　　面；　公分.－－（彰化學叢書；025）

　　ISBN 978-986-177-368-1（平裝）

857.7　　　　　　　　　　　　　　　　99004411

彰化學叢書
025

愚溪小說選

作者	愚　溪
主編	徐　惠　雅
排版	王　廷　芬
總策畫	林　明　德　‧　康　原
總策畫單位	彰　化　學　叢　書　編　輯　委　員　會
發行人	陳銘民
發行所	晨星出版有限公司
	台中市407工業區30路1號
	TEL：04-23595820　FAX：04-23597123
	E-mail：morning@morningstar.com.tw
	http：//www.morningstar.com.tw
	行政院新聞局局版台業字第2500號
法律顧問	甘龍強律師
承製	知己圖書股份有限公司　　TEL：（04）23581803
初版	西元2010年4月23日
總經銷	知己圖書股份有限公司
	郵政劃撥：15060393
	（台北公司）台北市106羅斯福路二段95號4F之3
	TEL：（02）23672044　FAX：（02）23635741
	（台中公司）台中市407工業區30路1號
	TEL：（04）23595819　FAX：（04）23597123

定價 280 元
ISBN 978-986-177-368-1
Published by Morning Star Publishing Inc.
Printed in Taiwan

◆ 讀 者 回 函 卡 ◆

以下資料或許太過繁瑣，但卻是我們了解您的唯一途徑
誠摯期待能與您在下一本書中相逢，讓我們一起從閱讀中尋找樂趣吧！

姓名：＿＿＿＿＿＿＿＿＿＿＿　性別：□ 男　□ 女　　生日：　　／　　／

教育程度：＿＿＿＿＿＿＿＿＿

職業：□ 學生　　　　□ 教師　　　　□ 內勤職員　　□ 家庭主婦
　　　□ SOHO族　　□ 企業主管　　□ 服務業　　　□ 製造業
　　　□ 醫藥護理　　□ 軍警　　　　□ 資訊業　　　□ 銷售業務
　　　□ 其他＿＿＿＿＿＿＿＿＿＿＿

E-mail：＿＿＿＿＿＿＿＿＿＿＿＿＿＿　　聯絡電話：＿＿＿＿＿＿＿＿＿＿

聯絡地址：□□□＿＿＿＿＿＿＿＿＿＿＿＿＿＿＿＿＿＿＿＿＿＿＿＿＿

購買書名：愚溪小說選＿＿＿＿＿＿＿＿＿＿＿＿＿＿＿＿＿＿＿＿＿＿＿

・本書中最吸引您的是哪一篇文章或哪一段話呢？＿＿＿＿＿＿＿＿＿＿＿＿＿

・誘使您購買此書的原因？

□ 於＿＿＿＿＿書店尋找新知時　□ 看＿＿＿＿＿報時瞄到　□ 受海報或文案吸引
□ 翻閱＿＿＿＿＿雜誌時　□ 親朋好友拍胸脯保證　□＿＿＿＿＿電台DJ熱情推薦
□ 其他編輯萬萬想不到的過程：＿＿＿＿＿＿＿＿＿＿＿＿＿＿＿＿＿＿＿＿

・對本書的評分？（請填代號：1. 很滿意 2. OK啦！ 3. 尚可 4. 需改進）

封面設計＿＿＿＿＿　版面編排＿＿＿＿＿　內容＿＿＿＿＿　文／譯筆＿＿＿＿＿

・美好的事物、聲音或影像都很吸引人，但究竟是怎樣的書最能吸引您呢？

□ 價格殺紅眼的書　□ 內容符合需求　□ 贈品大碗又滿意　□ 我誓死效忠此作者
□ 晨星出版，必屬佳作！ □ 千里相逢，即是有緣 □ 其他原因，請務必告訴我們！

＿＿＿＿＿＿＿＿＿＿＿＿＿＿＿＿＿＿＿＿＿＿＿＿＿＿＿＿＿＿＿＿＿＿

・您與眾不同的閱讀品味，也請務必與我們分享：

□ 哲學　　　□ 心理學　　□ 宗教　　　□ 自然生態　□ 流行趨勢　□ 醫療保健
□ 財經企管　□ 史地　　　□ 傳記　　　□ 文學　　　□ 散文　　　□ 原住民
□ 小說　　　□ 親子叢書　□ 休閒旅遊　□ 其他＿＿＿＿＿＿＿＿＿＿＿＿＿＿

以上問題想必耗去您不少心力，為免這份心血白費

請務必將此回函郵寄回本社，或傳真至（04）2359-7123，感謝！
若行有餘力，也請不吝賜教，好讓我們可以出版更多更好的書！

・其他意見：

晨星出版有限公司 編輯群，感謝您！

請填妥後對折裝訂，直接投郵即可，免貼郵票。

廣告回函
台灣中區郵政管理局
登記證第267號
免貼郵票

407
台中市工業區30路1號
晨星出版有限公司

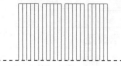

請沿虛線摺下裝訂，謝謝！

更方便的購書方式：

1 網站：http://www.morningstar.com.tw
2 郵政劃撥 帳號：15060393
　　　　　戶名：知己圖書股份有限公司
　　請於通信欄中註明欲購買之書名及數量
3 電話訂購：如為大量團購可直接撥客服專線洽詢

◎ 如需詳細書目可上網查詢或來電索取。
◎ 客服專線：04-23595819#230　傳眞：04-23597123
◎ 客戶信箱：service@morningstar.com.tw

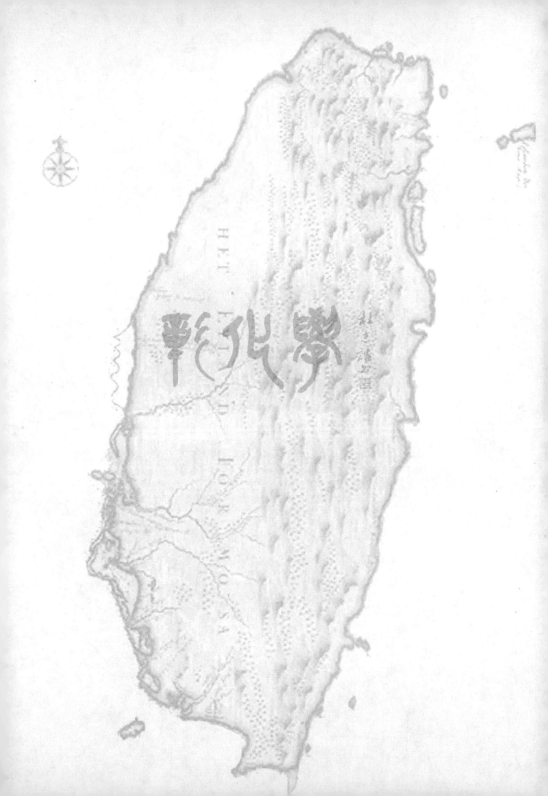